Nina Petrick

Charlie und der Diamantenräuber

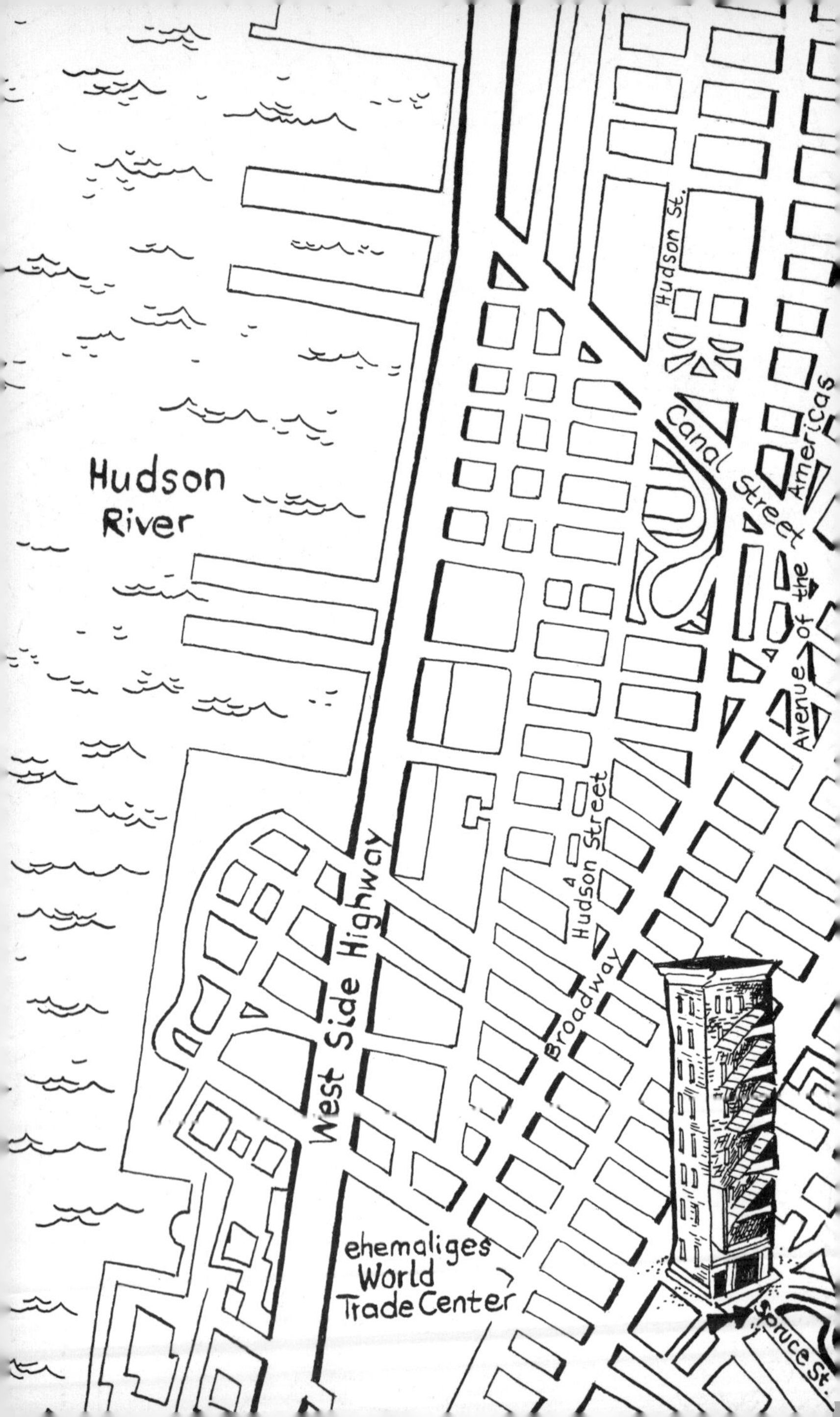
Hudson River
West Side Highway
Hudson St.
Canal Street
Avenue of the Americas
Hudson Street
Broadway
ehemaliges World Trade Center
Spruce St.

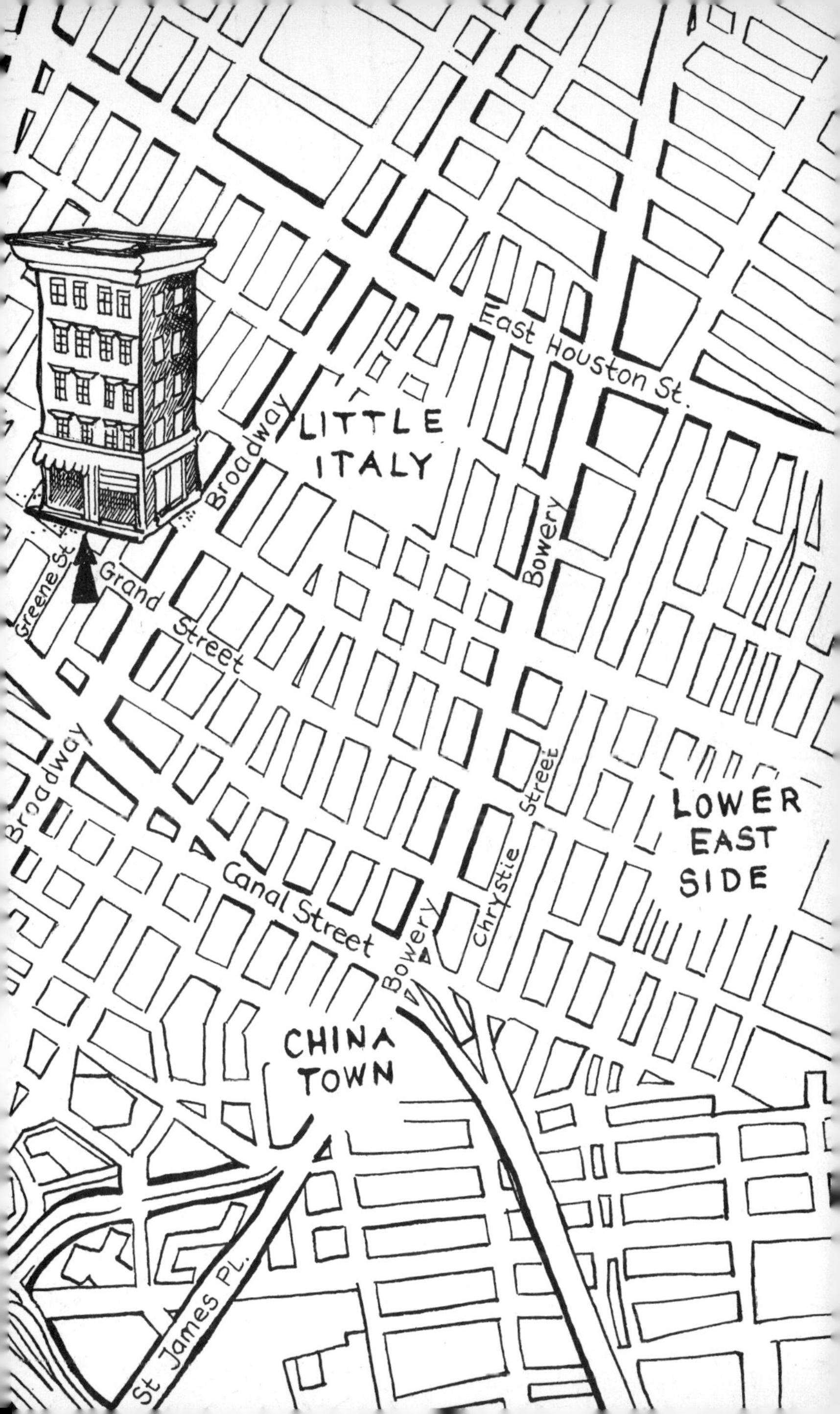

East Houston St.
LITTLE ITALY
Broadway
Greene St
Grand Street
Bowery
Broadway
Chrystie Street
LOWER EAST SIDE
Canal Street
Bowery
CHINA TOWN
St James PL.

© privat

Nina Petrick, 1965 in Berlin geboren, studierte Germanistik und Kunstgeschichte und lebt als freie Autorin mit ihrer Familie in Berlin. Sie wurde mit dem Peter-Härtling-Preis für Kinder- und Jugendliteratur der Stadt Weinheim ausgezeichnet und hat etliche Kinder- und Jugendromane veröffentlicht, darunter bei dtv junior auch das erste Abenteuer mit Charlie, ›Charlie und die Halstuchbande‹ (71244), sowie ›Die unglaubliche Fledermaustante‹ (71162). Mehr über die Autorin auf www.nina-petrick.de

© privat

Iris Hardt wurde 1971 in Essen geboren. Sie interessierte sich schon immer fürs Zeichnen und studierte Illustration in Münster. Nach einem Auslandsaufenthalt in Nordirland lebt und arbeitet sie heute wieder in Münster. Iris Hardt hat bereits zahlreiche Kinderbücher bei dtv junior illustriert.

Nina Petrick

Charlie und der Diamantenräuber

Kinderkrimi

Mit Illustrationen von Iris Hardt

Deutscher Taschenbuch Verlag

Bei dtv junior sind von Nina Petrick außerdem lieferbar:
Die unglaubliche Fledermaustante, dtv junior 71162
Charlie und die Halstuchbande, dtv junior 71244

Für Mascha

Mit herzlichem Dank an Dagmar Gleditzsch
und auch ein großes Dankeschön an meine Lektorin
Tanja Poestges

Originalausgabe
In neuer Rechtschreibung
Juli 2009
Deutscher Taschenbuch Verlag GmbH & Co. KG,
München
www.dtvjunior.de

Vokabelleisten: Birgit Hock
Umschlagkonzept: Balk & Brumshagen
Umschlagbild: Iris Hardt
Covertypographie: Markus Spang
Lektorat: Tanja Poestges
Gesetzt aus der Sabon 11,5/15'
Gesamtherstellung: Druckerei C. H. Beck, Nördlingen
Gedruckt auf säurefreiem, chlorfrei gebleichtem Papier
Printed in Germany · ISBN 978-3-423-71363-4

Inhalt

Kapitel 1

New York, wir kommen!

Gestern war ich noch traurig. Ich dachte, ich müsste in den Osterferien in Berlin versauern, während alle anderen aus meiner Klasse verreist sind. Aber dann hat Hanna angerufen …

»Charlie, möchtest du vielleicht morgen, nur falls du nichts anderes vorhast, mit meiner Familie für drei Wochen nach New York fliegen? Wir werden bei meiner Tante Ruth in einer Schokoladenfabrik wohnen«, hat sie gesagt. Ich habe den Hörer fest umklammert, als könne er sich mitsamt Hanna in Luft auflösen. War das jetzt ein Witz oder was?

Nein, es war kein Witz! Ich, Charlotte Tröndle, genannt Charlie, sitze heute tatsächlich zwischen

Hanna und ihrem kleinen Bruder Timmi im Flugzeug und wir fliegen zusammen nach New York! Wow!

Mein allererster Langstreckenflug. Und dann gleich nach New York! 6387 Kilometer entfernt von Berlin! Habe ich auf einem Wegweiser am Flughafen Tegel gelesen.

»Kneif mich doch bitte mal«, sage ich zu Hanna.

»Au!«

Hannas Vater hat für das Sammeln von Flugmeilen einen Freiflug bekommen. Dieses Flugticket hat er mir großzügigerweise geschenkt!

Das Flugzeug ist gigantisch groß. In einer Reihe befinden sich zehn Sitze in drei Blöcken, durch zwei Gänge voneinander getrennt. Hannas Eltern, die ich Ulli und Steffi nennen darf, sitzen in der mittleren Sitzreihe, dann kommt der Gang, und Hanna und ich sitzen im rechten Block.

Ulli beugt sich vor. »Charlotte, ich freue mich sehr, dass du mit uns zu meiner Schwester Ruth nach New York fliegst. Ich verspreche dir, wir werden uns große Mühe geben, für drei Wochen deine Eltern zu ersetzen!«

Steffi lacht und wirft ihren blonden Zopf über die Schulter. »Liebling, Charlie, nicht Charlotte, hab ich dir doch gesagt.« Auch sie lächelt mich herzlich an. Also, ich glaube, ich werde bestimmt kein Heimweh haben! *No homesickness! Oh no!*

Vor einem halben Jahr haben Hanna, Timmi und ihre Eltern selbst noch in New York gelebt. Ulli hat dann aber eine Stelle an der Uni in Berlin angenommen und Hanna ist in meine Klasse gekommen. Das war super, denn wir haben uns angefreundet. Und sind dann sofort in ein Abenteuer geraten. Gemeinsam mit Anuschka, Torsten und den anderen *kleinen Fischen* haben wir gegen Bazille und seine fiese Halstuchbande gekämpft – und gesiegt!

Ich bin froh, dass Mama und Papa auch mit der Reise einverstanden sind. Manchmal sind sie ja ein bisschen ängstlich. Aber im Augenblick stecken die beiden ständig in ihrem Geschäft für Kinderklamotten *Charlie & Co.* und arbeiten wie verrückt. Gestern haben wir wenigstens noch zusammen im *Roma* Abschied gefeiert. Und Mama und Papa haben mich mit guten Ratschlägen gefüttert: New York sei ja so viel größer und gefährlicher als Berlin. Augen und Ohren müsse ich offen halten (sollte man doch eigentlich immer tun!), ich dürfe nicht auf eigene Faust losgehen, solle gut auf Hannas Eltern hören und auf den

Verkehr achten! Das ging so lang, bis ich mir wie ein hilfloses Kleinkind und nicht wie eine Meisterdetektivin vorkam. Nachts hab ich geträumt, Hanna und ich würden in Schokolade baden, auf Wolkenkratzern Federball spielen und hinter zwielichtigen Personen herschleichen. (Einmal Detektivin – immer Detektivin!)

»Wieso wohnt eure Tante eigentlich in einer Schokoladenfabrik?«, frage ich neugierig. In Berlin kenne ich keinen Menschen, der in einer Schokoladenfabrik lebt.

Timmi klebt am Fenster und beobachtet versonnen die wattigen Wolken.

Hanna erklärt: »Es ist eine *ehemalige* Schokoladenfabrik. Die Arbeitsräume hat man zu Wohnungen umgebaut. Die heißen Lofts und sind riesig groß. Schokolade wird da schon lange nicht mehr hergestellt, aber es ist wunderschön dort. Stell dir vor, es gibt in dem Haus sogar einen Swimmingpool für die Mieter!«

»Echt, einen Pool? Verrückt!« Ich freue mich so auf alles, dass ich platzen könnte. Es ist einfach irre: New York zusammen mit Hanna!

In dem Moment nimmt Hanna meine Hand und drückt sie ganz fest. »Ich bin froh, dass wir Freundinnen geworden sind«, sagt sie.

»Ich auch!«

Wir lächeln uns an. Ich habe eine Idee. Unsere unbenutzten Servietten liegen noch vor uns auf den Klapptischchen. Schnell male ich auf beide je ein Flugzeug und schreibe *Hanna & Charlie* dazu. »Das behalten wir jetzt als Zeichen unserer Freundschaft!« Hanna nimmt den Stift, schreibt noch auf beide Servietten *»forever!«* dazu, dann rollt sie ihre Serviette zusammen und steckt sie vorsichtig in ihren kleinen Rucksack. Die andere Serviette landet in meinem Rucksack. Schade, dass Anuschka jetzt nicht hier bei uns sein kann.

Auf dem Bordbildschirm ist der langweilige Liebesfilm endlich mit einem langen Kuss zu Ende gegangen. Dann wird für Parfum und Schmuck geworben und wir sehen jede Menge glänzende Ringe, goldene Ketten und Armbänder, die mit funkelnden Steinen besetzt sind.

»Mann, solche Schätze hat Ruth doch auch«, meldet sich Timmi plötzlich.

»Ihr Armband ist aber tausendmal schöner«, erklärt Hanna entschieden. »Und kostbarer!«

»Was für ein Armband denn?«, frage ich.

»Meine Tante hat ein irre wertvolles Armband geerbt. Es gehörte der Großmutter ihres verstorbenen Mannes. Sie trägt es nur sehr selten, bei besonderen Gelegenheiten. Es ist ein Vermögen wert, weil es über und über mit echten Diamanten besetzt ist. Und weil sie Angst hat, dass es jemand stehlen könnte, versteckt sie es immer wieder an einem anderen Platz in ihrer Wohnung.« Hanna kichert: »Es lag sogar schon einmal in einer Packung Spinat im Tiefkühlfach! Lin, das ist Ruths Kindermädchen, hätte es um ein Haar aus Versehen weggeworfen. Der Spinat war nämlich abgelaufen. Aber zum Glück hat Ruth es gerade noch rechtzeitig bemerkt.«

»Na, hoffentlich vergisst sie nie, wo sie es versteckt hat«, sage ich. Ich muss an Mama denken, die sich morgens oft nicht mehr erinnern konnte, wo sie ihr Auto am Tag zuvor geparkt hat. Na ja, jetzt haben wir das Auto sowieso abgeschafft. Und ein verstecktes Armband wiederzufinden ist bestimmt etwas anders, als ein Auto zu suchen.

»Hat sie keinen Safe?«, frage ich.

Hanna schüttelt den Kopf. »Doch, ich glaube schon, aber sie findet es dort nicht sicher genug. Ruth hat einmal gesagt, in einem Safe würde jeder Einbrecher doch sofort nach Schmuck suchen. Sie ist da sehr eigen.«

»Aha!« Merkwürdige Einstellung, finde ich. Diese Tante Ruth scheint ja eine etwas wunderliche Person zu sein. Vielleicht ist sie schon älter.

Aber wie passt das dann mit einem Kindermädchen zusammen?

Plötzlich verkündet die Stimme des Kapitäns über den Bordlautsprecher, dass wir in wenigen Minuten zur Landung ansetzen werden.

»*Dear passengers, we are now* ***approaching***[1] *JFK airport. The weather in New York is cloudy, temperature is 74 degree Fahrenheit* ...« Es knackt in dem Moment so laut in den Boxen, dass wir ihn nicht gut verstehen können. Mir fällt ein, dass man in den USA die Temperatur in Fahrenheit misst und nicht wie bei uns in Celsius.

»*You will soon see the famous New York* ***skyline***[2] *on the left-hand side* ...«

Ich verstehe ihn kaum, obwohl ich mich echt anstrenge – das breite Amerikanisch klingt ganz anders als das britische Englisch bei Frau Brandt.

Ich verrenke mir den Hals, um jetzt einen Blick aus dem Fenster auf New York zu erhaschen, sehe aber nur Timmis Hinterkopf und den Ozean. Und der ist bleifarben und nicht blau. New York, wo bist du?

[1] **to approach:** sich nähern; *hier:* anfliegen
[2] **skyline:** die Silhouette (der Umriss, der sich vom Hintergrund abhebt)

»Meine Cousine Nelli ist so alt wie wir«, erzählt Hanna. Also zehn Jahre.

»*She's so funny. You will like her for sure*. Wir werden uns bestimmt gut verstehen.«

Hups, bei Hanna hört sich das Englisch ja mindestens so breit an wie dem Piloten eben. Als ob sie Kaugummi kaut. Auweia, reden die hier alle so? Klingt irgendwie ulkig, aber auch gut. Hoffentlich ist diese Nelli wirklich nett! Ich werde jede Sekunde aufgeregter, wie vor einer Schulaufführung. Wenn Ruth eine zehnjährige Tochter hat, dann kann sie eigentlich noch gar nicht so alt sein, überlege ich.

»Paul ist fast noch ein Baby! Er ist erst zwei oder so!«, ruft Timmi dazwischen. »Wenn der nervt, kümmerst du dich um ihn«, sagt Hanna und lacht. Timmi zeigt ihr einen Vogel.

Fasten seatbelt leuchtet nun über uns in grüner Schrift. Die Stewardess spricht: »Wir setzen jetzt zur Landung in New York, auf dem John-F.-Kennedy-Flughafen, an. Bitte beachten Sie die Leuchtanzeige und bleiben Sie so lange angeschnallt auf Ihren Sitzen, bis diese erloschen ist. *Ladies and Gentlemen* ...«

»*J. F. K.*, benannt nach dem ehemaligen Präsidenten der Vereinigten Staaten, John F. Kennedy«, erklärt uns Ulli.

Ich bin ja so gespannt. Und möchte endlich Wolkenkratzer sehen, die Freiheitsstatue, den Central Park – und Hannas Tante Ruth, Nelli und Paul in ihrer Schokoladenwohnung – und auch das Diamant-Armband!

Kapitel 2

in dem ich viele neue Eindrücke aufsauge

Durch Timmis Fenster sehe ich immer noch den Atlantik. Wir fliegen steil drauf zu. Hilfe! Hoffentlich weiß der Pilot, was er tut! Oje, und jetzt wird auch der Druck auf meinen Ohren immer stärker, tut richtig weh. Zum Glück hat die rothaarige Stewardess einen Kaugummi für mich. Das Kauen hilft ein bisschen. Und dann kippt das Flugzeug plötzlich nach rechts und auf einmal liegt Manhattan vor uns!

Ich lehne mich an Timmi und staune. Ein Häusermeer, hat Ulli eben gesagt; jetzt weiß ich, was er meint. Zwischen den Wolkenkratzern sehe ich das eckige Empire State Building, den East River und auch die grüne Freiheitsstatue mit der Fackel. Irre, auf manchen Häusern gibt es Tennisplätze, auf anderen sogar Swimmingpools und richtig hohe Bäume! Verrückt!

»Charlie, du bist viel zu schwer«, stöhnt Timmi. Ich setze mich zurück und stelle meinen Gurt wieder enger. Jetzt fliegen wir schon tief, sind kurz vor der Landung. Ich halte die Luft an. Im Fenster sehe ich braune, niedrige Häuser und einen riesigen Friedhof mit weißen Grabsteinen vorbeiflitzen.

»Achtung, jetzt werden die Räder ausgefahren«, ruft Timmi. Wir setzen auf, es holpert etwas, das Flugzeug rast – so kommt es mir zumindest vor – über die Landebahn. Dann wird so stark gebremst, dass wir alle nach vorne gedrückt werden. Und auf einmal stehen wir.

Wir sind gelandet! Wir sind da!

Steffi und Ulli müssen ihre bereits in Berlin ausgefüllten Formulare für Touristen abgeben. Steffi erklärt uns, dass die Amerikaner seit dem Anschlag am elften September 2001 noch strenger kontrollieren, wen sie bei sich einreisen lassen.

Knapp zwei Stunden später sitzen wir in einem *yellow cab* – so heißen hier die gelben Taxis.

Steffi sagt zu dem Fahrer: *»Hi, can you take us to Greene Street, please?«*

Unser Taxifahrer grinst uns im schräg gestellten Rückspiegel an. Es ist ulkig, denn ihn und uns trennt eine Sicherheitsscheibe im Auto. Dennoch können wir ihn hören – vielleicht gib es hier im Wagen ein kleines Mikrofon? –, als er nuschelt: »*Okay, Ma'am!*« Seine verfilzten, blonden Rastalocken hat er mit einem rosa Haargummi im Nacken zusammengebunden. Kaugummi kauend braust er in halsbrecherischem Tempo über die Schnellstraße, als würde uns jemand verfolgen, den er abschütteln wollte. Wenn das noch lange so weitergeht, wird mir schlecht!

»*Where are you from?*«, fragt er uns, als wir endlich mal wieder an einer Ampel zum Stehen kommen.

Bevor ich überhaupt begriffen habe, was das heißt, antwortet Hanna wie aus der Pistole geschossen: »*From Germany, Berlin. We're* ***visiting***[3] *my aunt Ruth for three weeks.*«

»*Ah, Berlin, cool. But also pretty cold there, isn't it?*«

Hanna bejaht. Dabei ist es hier auch nicht heiß, drei, vier Grad wärmer als bei uns vielleicht.

Die vielen neuen Eindrücke schwirren wie aufgescheuchte Wespen durch meinen Kopf. Das Gewimmel der Menschen im Flughafen, das Warten

[3] **to visit:** besuchen

auf das Gepäck, die Osterdekoration, die Häschen und bunten Eier, die im Flughafen überall die Wände schmückten, von den Decken herabhingen und selbst die Rolltreppen verzierten – und der Ärger um Ullis Koffer. Er hatte seiner Schwester einen speziellen Bergkäse mitbringen wollen, den man in New York nicht bekommt. Aber das Einführen von Speisen und Getränken in die USA ist generell verboten. Ulli hatte es drauf ankommen lassen. Er hatte den Käse sorgfältig verpackt, extra in zwei Schichten Alufolie und eine Zeitung gewickelt und im Koffer versteckt, dennoch wurde er prompt vom Zoll erwischt.

Sobald er das Ganze geklärt hat, wird Ulli in die Schokoladenfabrik nachkommen. Wahrscheinlich muss er eine kleine Geldstrafe zahlen. Steffi sagt, daran sei er ganz alleine schuld, sie habe ihn schließlich gewarnt.

Nach einer Viertelstunde, in der uns der Wind um die Ohren pfeift, weil sich die Fenster im Auto nicht schließen lassen, sehen wir endlich die Hochhäuser von New York aufragen. Oder, wie Steffi sagt: die *skyline* von Manhattan. Fast unwirklich liegen da diese gigantischen Wolkenkratzer vor uns, mit ihren in der Sonne silbern glitzernden Fenstern. Kaum zu glauben, dass in jedem Stockwerk gerade in diesem Augenblick Menschen mit Arbeit oder anderen Dingen beschäftigt sind. Ich meine, es sind so viele Häuser! So viele Menschen! Berlin kommt mir wie ein Dorf dagegen vor.

»Kaum zu glauben«, sagt Steffi nachdenklich, »dass Manhattan damals nur für eine Handvoll Goldstücke gekauft wurde. Wäre ich dabei gewesen, hätte ich glatt noch eine Handvoll mehr dafür geboten.« Hanna verdreht die Augen und flüstert mir ins Ohr: »Das sagt sie jedes Mal, wenn wir wieder hier sind! Wir fahren jetzt übrigens über die *Williamsburg Bridge* …«

Das ist, glaube ich, die größte, riesigste, gigantischste Brücke, die ich je gesehen habe. Wie so eine Art Metalldinosaurier liegt sie da. Eine irre Metallkonstruktion. Rechts und links von der Fahrbahn sind Wege für Fußgänger und Radfahrer. Und direkt neben uns fährt auch noch die *subway*, die U-Bahn von New York.

»Wir befinden uns gerade direkt über dem East River«, erklärt Steffi. »Gleich sind wir in Manhattan. Dann fahren wir durch *Lower East Side* und *Little Italy* nach *Soho*. Es ist nicht mehr weit.«

Ich weiß gar nicht, wohin ich zuerst schauen soll. Es ist alles komplett anders als in Berlin:

Menschen in allen nur denkbaren Hautfarben hasten über den Gehweg. Kleine Häuser stehen verloren wie Puppenhäuschen direkt neben riesigen Hochhäusern mit meterhohen Eingangstoren. Superlange schwarze Limousinen fahren neben klapprigen bunten Rostlauben. Man nennt sie Stretchlimos, hat Hanna gesagt, weil sie wie in die Länge gezogen sind. Blinkende, metergroße Flächen werben für Parfum, Filme und Kleider. Wir fahren durch enge Straßen, wo die Häuser plötzlich wieder schwindelerregend hoch sind, viele Fassaden aus Glas oder Backstein bestehen und die Gehwege schmal wirken. Für drei Ampellängen stehen wir plötzlich im Stau. Vor uns steht ein kleiner Pkw, in dem eine Frau offensichtlich verzweifelt versucht, ihren Wagen wieder zu starten.

»*Jesus Christ*«, schimpft der Taxifahrer und haut aufs Lenkrad. »*Move it, you bitch!*«

»Was heißt denn das?« Steffi reagiert nicht.

»Miststück, Zicke«, sagt Hanna und grinst mich an. »Sagen die hier öfter.«

»Aha. Ich hätte eher an Hexe gedacht.« Aber die heißt *witch*, erfahre ich. Du liebe Zeit, ich glaube, dass ich in den nächsten Wochen wohl ziemlich viel Englisch hören und sprechen muss, ob ich will oder nicht. Ich schaue wieder nach draußen und suche weiter nach Unterschieden zu Berlin. Die Ampeln sind hier zum Beispiel gelb. Und es ist viel, viel lauter als bei uns. Ohrenbetäubendes Getöse von Presslufthämmern, auf diversen Baustellen an der Straße und den Häusern und ein unentwegtes Hupen, Klingeln und Rufen. Wir können uns kaum unterhalten, so ein Lärm herrscht hier. Teure Wagen stehen vor uns und hinter uns in der Schlange. Auf den Gehwegen sehe ich auch einige verwahrloste Gestalten, die Einkaufswagen vor sich herschieben oder über den Lüftungsschächten in großen Pappkartons hocken. Gleichzeitig fährt ein schicker Mann im eleganten Anzug mit Aktentasche unterm Arm auf seinen Inlineskates vorbei. Ein kleines Mädchen im weißen Rüschenkleid – ein Glück, dass ich so was nicht anziehen muss – klettert aus einem silbernen Luxusschlitten und hat dabei einen wuscheligen Schoßhund mit Schleife auf dem Kopf auf dem Arm.

»Tja, Charlie: Jetzt bist du in New York, und das alles ist New York! Diese ganze Vielfalt«, sagt Steffi in dem Moment stolz. Sie klingt, als hätte sie all die Personen extra für uns hierher auf die Straße geholt. Wir biegen nach rechts und nach links ab und halten schließlich in der *Greene Street* vor einem großen Backsteingebäude mit schätzungsweise sieben oder acht Stockwerken.

»Wir sind da!«, ruft Timmi. Der wilde Fahrer lädt unser Gepäck aus. »*Take care*«, sagt er und grinst, sodass man seine Zahnlücken sehen kann. Achtgeben auf uns sollen wir, finde ich nett von ihm.

Steffi zahlt mit den schönen, grünen Dollarnoten – den *greenbacks* –, die alle gleich groß sind, egal welchen Wert sie haben. »*Thanks, have a nice time!*« Mama hat mir ihren Rollenkoffer geliehen, den ich nun hinter mir herziehe und Hanna, Steffi und Timmi durch eine große gläserne Drehtür folge.

»Wow! Das ist ja hier wie im Luxushotel!« Ich bin platt. So toll habe ich mir das nicht vorgestellt. Wir stehen in der gigantischen Eingangshalle, die man Lobby nennt, auf einem Boden, der märchenhaft silbern glitzert. Keine Ahnung, was das für überirdisches Material ist. Ist hier eigentlich alles größer als bei uns?

An der Decke, die mindestens (!) acht Meter über uns ist, hängt der größte Kristallleuchter, den ich jemals gesehen habe. Auch er funkelt und glänzt wie irre. Zusätzlich hängen an ihm unzählige Hasen aus silberner Folie. Ostern scheint hier groß gefeiert zu werden. Das Lustigste aber ist ein zwei Meter großer Hase, der neben einem gläsernen Fahrstuhl an der Wand lehnt. Sein Bauch und die Ohren sind mit echten weißen Federn beklebt. »*Happy Easter!*«, wohin man schaut.

»Hier kannst du bis zum Dach fahren, wenn du Lust hast, Ball zu spielen. Dort gibt es einen Fitnessraum«, erklärt Hanna. »Und da geht es zum Pool.« Sie zeigt mir noch zwei weitere Fahrstühle. »Hinter der Tür ist der Eingang zum Kindertheater *Little One* und dort geht es zu dem kleinen italienischen Restaurant *Fresco*.«

Mir schwirrt der Kopf.

»*And this man*«, sagt Hanna feierlich auf Englisch, »*is Johnny, our* ***doorman***[4]. Er ist so etwas wie ein Portier in Deutschland, nur wichtiger.« Sie zeigt auf einen älteren, schlanken Mann, dessen dunkle Haare von feinen silbernen Strähnen durchzogen sind. Johnnys Reich befindet sich zwischen zwei mächtigen Säulen. Als ich genauer hinsehe, fällt mir auf, dass die Säulen Türen haben. Offensichtlich hat er sein Büro in den Säulen untergebracht, denn durch die halb geöffnete Tür sehe ich jede Menge Aktenordner in einem Regal stehen und einen Kopierer. Er selber steht

[4] **doorman:** der Pförtner

hinter einem silbernen Tresen aus mattem Edelstahl, auf dem ein großer Flachbildschirm thront.

»*Everyone coming in or going out has* ***to pass***[5] *Johnny or one of his colleagues.* ***Beware***[6], *he's watching you!*« Hanna reißt die Augen weit auf, als sie das sagt. Also, wie war das?

An Johnny kommt keiner vorbei, weil er hier den Eingang beobachtet, so viel habe ich immerhin verstanden.

Hanna und ich stellen uns zu Steffi und Timmi an den Tresen. »*Welcome, darling*«, sagt Johnny gerade zu Steffi. »*How was your flight? Mrs Ruth is waiting for you upstairs in her apartment. Have a nice time, dear.*«

Dann grinst dieser Mensch Hanna, Timmi und mich an und sagt: »*Hi, young vegetables. Welcome to New York! And don't forget: you're in the city that never sleeps.*«

Ach, du liebe Zeit! Mama wurde noch nie von einem Portier Liebling genannt! Und als junges Gemüse hat uns bisher auch noch keiner bezeichnet.

Fast geräuschlos rauscht der Fahrstuhl mit uns in den sechsten Stock. »Pling!«

[5] **to pass someone:** an jemandem vorbeigehen
[6] **Beware!:** (als Ausruf) Vorsicht!

Überraschung! Als die Tür aufgeht, stehen wir nicht in einem Hausflur, sondern direkt in Ruths Loft.

Der Boden ist silbergrau und spiegelblank wie Glas. Die Wände sind aus rohem rotem Backstein. Große Schwarz-Weiß-Fotos, auf denen riesige Gesichter, Straßen und Häuser abgebildet sind, hängen links und rechts an der nackten Steinwand neben der gigantisch langen Fensterfront. Es sieht umwerfend aus. Überhaupt nicht wie eine normale Wohnung, eher wie eine dieser schicken Wohnungen, die man manchmal in Filmen sieht.

»Ruth ist Fotografin«, sagt Steffi. »Die Aufnahmen sind alle von ihr.«

Ich nicke und entdecke eine blasse Schaufensterpuppe neben der Eingangstür, der man haufenweise Modeschmuck um Hals und Arme geschlungen hat. Blicklos starrt sie vor sich hin, als ob ihr langweilig wäre.

Gegenüber vom Lift stehen neben einem geräumigen Schreibtisch, der mit Akten und Fotos bedeckt ist, zwei große Scheinwerfer. Eiserne Säulen, eine ausladende, bis zur Decke reichende Palme und eine offene Küche unterteilen die Etage in verschiedene Bereiche: Arbeiten, Wohnen und Essen.

»Ist das toll hier!«, sage ich. Ich bin echt beeindruckt. »Das ist doch mal was anderes als eine normale Mietwohnung.«

Steffi nickt zustimmend und lächelt.

Und dann rauscht diese schwarzhaarige Wahnsinnsfrau auf uns zu.

»Steffi!«, ruft sie. Und Steffi ruft: »Ruth!«

Ruth ist sehr schlank. Sie trägt ein knielanges, elegantes schwarzes Kleid. Ihre Haare sind schnurgerade auf Kinnhöhe abgeschnitten, die Lippen knallrot geschminkt. Wow, sie könnte glatt ein Filmstar sein! Umwerfend sieht sie aus! Todschick! Der Reihe nach werden wir alle fest an Ruths Busen gedrückt und links und rechts auf die Wange geküsst. Das hätte meine Tante Lilli wahrscheinlich auch nicht anders gemacht. Auch wenn sie nicht unbedingt wie eine Filmdiva aussieht und so lecker nach Zimt duftet wie Ruth.

Hinter Ruth tauchen zwei Kinder auf, ein etwa zehnjähriges Mädchen und ein kleiner Junge. Sie grinsen uns an. Das Mädchen ist kleiner als ich und hat genau wie Hanna dunkle Haare, die zu zwei Zöpfen geflochten sind. Das muss Nelli sein. Ihr jüngerer Bruder Paul hat helle, kinnlange Haare. Er ist ein bisschen älter, als Timmi vorhin behauptet hat. Bestimmt schon vier.

»Schön, dass ihr da seid!«, sagt Ruth und strahlt uns aus ihren blauen Augen an. »Aber wo habt ihr Ulli gelassen?« Während ihr Steffi die Käse-Koffer-Story erzählt, führt Nelli uns durch das Loft und zeigt uns auch ihr Zimmer. Dort werden wir schlafen.

Raffiniert. In der großen L-förmigen Etage sind Wände eingezogen worden. Nelli und Paul haben so ihre eigenen Zimmer. Auch Ruths Schlafbereich ist ein abgetrennter Raum – in dem sie Hannas Eltern untergebracht hat. Sie selber wird in ihrem Atelierbereich, direkt hinter einer spanischen Wand, schlafen. Genauer, hinter so einer dreiteiligen Stellwand, die mit hellblauer Seide bespannt ist.

Nellis Zimmer ist komplett verrückt. Sie schläft nämlich in einem Baumhaus! Ein echter Baumstamm, in den man Eisenhaken als Tritte geschlagen hat, dient als Leiter. Mehrere waagerechte Bretter auf dem Stamm bilden die Plattform, auf der eine große Matratze liegt und viele Bücher Platz haben. Mehrere Äste und Zweige sind geschickt am Baumstamm, an der Wand und der Decke montiert. An ihnen hängen auf Pappe und Papier gemalte und fotografierte Blätter – und Tannenzapfen.

Es ist wunderschön. Wer hat schon ein Baumhaus im Zimmer!

Hanna hat es sich in der gemütlichen Hängematte, die mitten im Raum hängt, bequem gemacht. Sie seufzt. »*It's so great to be here. I've* ***missed you***[7]*, Nelli!*«

Mist? Ich verstehe mal wieder nur Bahnhof. Aber als Nelli sagt »*Me, too*«, kapiere ich, dass Hanna Nelli vermisst hat. Da werde ich glatt ein bisschen eifersüchtig – Hanna hat doch mich. Aber wenn ich mich hier so umschaue, kann ich Hanna schon verstehen.

»*Charlie, it's great you've come with Hanna*«, sagt Nelli vom Baumhaus aus. »*I've always wanted to get to know you. Hanna has told me tons about you and the* kleine Fische. *You must be so smart.*«

»Danke. Äh, *thank you*«, stottere ich. Nelli scheint ja echt supernett zu sein. Aber müssen die jetzt die ganze Zeit Englisch reden? Verstohlen gähne ich und fühle mich auf einmal schrecklich müde.

Nelli lächelt und erklärt mir, zum Glück auf Deutsch mit starkem Akzent, dass in ihrem Loft früher in den geräumigen Fensterschränken die Schablonen für die unterschiedlichen Schokofiguren aufbewahrt wurden, aber auch die Schokolade verarbeitet wurde.

[7] **to miss someone:** jemanden vermissen

Nachdem wir unsere Klamotten in einem über und über mit Blüten bemalten Schrank verstaut haben, gehen wir in die offene Wohnküche. Dort lerne ich schließlich noch Lin kennen, das chinesische Kindermädchen.

»*Hi*«, sagt sie. »*Welcome to New York! My name is Lin.*« Lin lächelt und schüttelt herzlich meine Hand. Wie klein und zart sie ist. Sie ist kaum größer als Hanna. Na ja, das ist jetzt wohl doch untertrieben. Aber sie ist sehr zierlich, mit dem dunkelblauen Kleid und dem weißen Kragen sieht sie fast wie ein junges Mädchen aus. Sie hat ein freundliches Gesicht und schaut uns offen an. Wenn sie lächelt, leuchten ihre Augen. Langsam wiederholt sie meinen Namen und lächelt wieder. »*Nice to meet you!*«

Lin hat extra für uns glasierte Ente mit leckerem chinesischem Gemüse gekocht. Stolz zeigt sie uns ihren Braten. »*Do you like duck?*«

Duck, das heißt doch Ente?, überlege ich.

»*Yes, we do!*«, antwortet Hanna aber, ehe ich dazu komme, etwas zu sagen. Lin erklärt das Rezept, ich verstehe kein Wort, was daran liegen könnte, dass mein Englisch nicht gut genug ist.

»*I made it especially for you*«, sagt sie. »*It's a special kind of Peking duck. And it is fingerlicking good – you will see!*«

»Wir werden uns die Finger danach lecken«, verspricht Hanna.

Na ja, mal sehen! Enten sind mir eigentlich am liebsten, wenn ich sie lebendig im Park sehe.

Ich höre Timmi und Paul lachen. Sie spielen am anderen Ende der Etage Fangen. Platz gibt es ja genug in dieser Wohnung.

Es ist jetzt hier erst sieben Uhr abends, während es in Berlin schon ein Uhr nachts ist. Deshalb rufe ich Mama und Papa nicht an, sondern schicke ihnen mit Steffis Handy eine SMS, dass wir gut angekommen sind.

Obwohl ich die Zeitumstellung spüre, ist alles viel zu neu und aufregend, um ans Schlafen zu denken. Langsam beginnt es zu dämmern, der Himmel leuchtet türkisfarben und die Sonne spiegelt sich in den Fensterscheiben der Hochhäuser gegenüber. Lin hat draußen auf der großen Terrasse neben der Feuertreppe gedeckt. Noch ist es warm genug, um dort zu sitzen. Wir haben einen guten Blick nach *Chinatown*, auf Wolkenkratzer mit bunten, blinkenden chinesischen Schriftzeichen.

Als Ulli endlich mit seinem Koffer – allerdings ohne den ersehnten würzigen Bergkäse – eintrifft, essen wir den Braten und zum Nachtisch noch *ice cream with hot* ***raspberries***[8]. Lecker, oder wie man hier sagt: »*delicious*«, besonders die heißen Himbeeren.

Die Lichter der Großstadt funkeln und leuchten. Manhattan ist unwirklich wie ein Traum.

Ulli fragt Ruth nach ihrer Arbeit. »Oh, ich habe in der letzten Zeit einen Haufen Möbel geknipst, wenn ich gerade keine Schauspieler vor der Linse hatte«, antwortet Ruth. »Ein paar Porträts sind auch entstanden, das hat Spaß gemacht.«

»Ruth, was hast du denn diesmal mit deinem Armband gemacht?«, fragt Timmi und kichert erwartungsvoll. »Liegt es vielleicht wieder beim Tiefkühlspinat?« Alle lachen – auch Ruth.

Dann sagt sie: »Tja, das würdet ihr wohl gerne wissen!« Und erklärt, sie habe hier sogar einen Safe. Mehr will sie nicht sagen, muss sie ja auch nicht. Ruth lächelt mich an. »Du kannst mich Ruth nennen. *If you like.*« Das Angebot nehme ich stolz an. Darauf müssen wir anstoßen – mit frischem Orangensaft. Lin beginnt, das Geschirr abzuräumen. Als Timmi und Paul um die Wette gähnen, beschließt Steffi, die beiden ins Bett zu bringen.

Wir anderen sind zu aufgekratzt, um schlafen

[8] **raspberries:** Himbeeren

zu gehen. Wir werden noch ein wenig durch Soho schlendern.

Ruth, Ulli, Hanna und ich füllen den Fahrstuhl nicht einmal zur Hälfte. Während wir ins Erdgeschoss fahren, erzählt uns Ruth, dass Lin mit ihrem Bruder in einer kleinen Wohnung in *Chinatown* wohnt. »Lin kommt jeden Morgen, um im Haushalt zu helfen, sich um Paul zu kümmern und das Mittagessen zu kochen. Ohne Lin wäre ich komplett aufgeschmissen«, sagt Ruth. »Manche Fotoaufträge dauern ja den ganzen Tag. Dann bringt Lin Nelli manchmal auch zu ihren Ballettstunden oder holt sie bei Freundinnen ab. Ich wüsste wirklich nicht, was ich ohne Lin machen würde. Ich kann ihr blind vertrauen. Sie ist nett und geduldig! Unbezahlbar, so jemand wie sie!«

Nelli lächelt. »*Lin is like a big sister to us. She's been* ***looking after***[9] *us since I was two.*« Nelli scheint wirklich lieber Englisch zu sprechen als Deutsch. Aber wenn Lin schon ihr Kindermädchen ist, seit sie zwei ist, dann ist Lin ja wirklich eine Art Familienmitglied.

Ruth nickt und sagt: »Man wollte sie uns sogar schon mal abwerben, aber sie ist uns treu geblieben.«

[9] **to look after somebody:** sich um jemanden kümmern

Die Fahrstuhltür geht lautlos auf. In der Eingangshalle herrscht ein richtiges Gedränge. Mir fällt eine elegant gekleidete, pummelige Dame mit roten Haaren auf. Sie bleibt stehen und beäugt uns neugierig, dann kommt sie mit eiligen Schritten auf uns zu getrippelt. Ihre Füße sind auffallend klein. Und sie scheint roten Samt zu lieben. Auf jeden Fall trägt sie einen Mantel und Hosen in dieser Farbe. Etwas schrill zu ihren roten Haaren. »*Ruthy, how are you?*«, ruft sie atemlos.

»*Fine. Romy, how are you?*«

»*Fine.*« Ruth schüttelt die beringte Hand dieser Dickmadam.

»*Hi, Ruth, lovely to see you … and your lovely family.*« Romy wuschelt Nelli durch ihre Haare, zwinkert Hanna zu und lächelt unentwegt. Dann entdeckt sie mich. »*And who's this lovely young lady? What's your name, honey?*«, fragt sie.

»Charlie.«

»*Charlie?*« Romys Hand ist weich, aber eiskalt. An fast jedem Finger trägt sie Ringe. Ihr Lächeln zeigt perfekte, weiße, kleine Zähne. Aber ihr süßes Parfum nimmt mir fast den Atem und ihre schwarz getuschten langen Wimpern erinnern ein bisschen an Spinnenbeine.

Endlich schaffen wir es, uns loszueisen und

treten nach draußen. Romy winkt uns hinterher und wirft sogar Kusshände, als wäre sie mit uns verwandt und wir würden gerade eine mehrwöchige Schiffsreise antreten.

»Romy ist gebürtige Schweizerin«, erklärt Ruth. »Sie lebt aber schon ewig in den USA. Hier im Haus wohnt sie direkt unter mir, im fünften Stock. Ihr gehören Hotels in Boston, Paris und Zürich. Ich hab mal für sie Fotos für eine Hotelbroschüre gemacht. Da war sie sehr eigen. Romy ist eine ulkige Nudel ...«

»Oh Mum, she's absolutely ***weird***[10]*. Don't you remember how she was dressed up when she came for dinner? You'd think she was a big fat strawberry in her red* ***suit***[11] *with the green collar. She's so strange!«*, fällt Nelli Ruth ins Wort.

Ruth schaut Nelli streng an und sagt: *»Shush, Nelli, it's enough. Don't talk about other people behind their back. That's* ***rude***[12]*!«*

Nelli schneidet eine Grimasse, als Ruth nicht hinschaut, und verdreht die Augen. Ich drehe mich noch einmal um und sehe, wie die ulkige

[10] **weird:** komisch, eigenartig
[11] **suit:** der Anzug
[12] **rude:** unhöflich

Nudel Romy beide Hände in die Hüften stützt und uns nachsieht.

Ihr Gesichtsausdruck kommt mir alles andere als freundlich vor. Die Augen sind zusammengekniffen, die Lippen aufeinandergepresst. Finster. Romy scheint mehrere Gesichter zu haben.

Wir lassen uns in einem Strom von Menschen Richtung *Chinatown* treiben. Laut Straßenschild befinden wir uns in der *Canal Street*. Hanna und ich gehen dicht nebeneinander. Wahnsinn, wie voll es hier auf den Straßen ist. Ich habe noch nie so viele verschiedene Menschen, Afroamerikaner, Latinos und Asiaten, zusammen auf einem Fleck gesehen. Eins scheinen alle gemeinsam zu haben: Sie bewegen sich schnell, eilig. Nur wir bleiben immer wieder stehen, um die fast überquellenden Schaufenster zu bewundern. Bergeweise »falschen« Goldschmuck gibt es, aber auch Nobelboutiquen und gefälschte Edelklamotten. Straßenhändler mit kleinen dicken oder großen dicken Buddhas in Gold, Rot oder Grün, immer wieder Pudel und Golden Retriever, die von Jungen oder Mädchen Gassi geführt werden. »*Dogwalker* ist kein unüblicher Job hier, nicht nur fur Jugendliche«, erklärt Ruth. »Ein *dogwalker* kümmert sich um die Hunde, während die Besitzer ihren Jobs nachgehen. Der *dogwalker* geht mit den Hunden auch auf Hundespielplätze, er begleitet sie wenn nötig auch zum Tierarzt. Manche *dogwalker* sind so gut, dass sie auf sechs oder mehr Hunde gleichzeitig aufpassen, dann können sie im Monat mehrere Tausend Dollar verdienen.« Wer hätte das gedacht?

Als ich später gemütlich auf Nellis Baumhausbett liege, bin ich voller Eindrücke und so übermüdet, dass ich kaum mehr höre, wie Ruth und Steffi uns eine *»lovely night«* wünschen.

Ich schlafe in Sekundenschnelle ein. Diesmal träume ich, wie Hanna, Nelli und ich auf einem Wolkenkratzer sitzen und Angeln in den Himmel halten. »Wir fischen Diamant-Armbänder!«, ruft Hanna. »Wir wollen fette Beute machen!«

Kapitel 3

in dem es zu einem Beinbruch mit schweren Folgen kommt

»*Hanna, Charlie, wake up quickly, something* ***terrible***[13] *has* ***happened***[14]*!*«, ruft Nelli ungeduldig. Ihre Stimme scheint von weit her zu kommen. Mann, bin ich müde. Ich will einfach nur weiter s-c-h-l-a-f-e-n.

Wieder dringt diese Nellistimme an mein Ohr: »*Wake up, please!*« Sie klingt verzweifelt. Oder unglücklich.

»*What's up? What time is it, anyway?*«, murmelt Hanna verschlafen. »Mitten in der Nacht wahrscheinlich«, fügt sie sauer hinzu. Ich schaue

[13] **terrible:** schrecklich, entsetzlich
[14] **to happen:** passieren, sich ereignen

auf die Uhr. Nein, Mitternacht ist es nicht mehr. Es ist 10 nach 7!

Nelli spricht leise: *»Sorry I have to wake you up. It's just past seven, but Mum had an accident!«*

»What?« Erschrocken setzen Hanna und ich uns auf. Einen Unfall?

Nelli ist bereits komplett angezogen. Sie steht auf der Baumstammleiter und sieht uns aufgelöst, verstört an. *»Yes, Ruth has been run over down on the street!«* Sie erzählt, dass Ruth, die eine echte Frühaufsteherin ist, für uns Brötchen kaufen wollte und dabei direkt vor der Schokoladenfabrik von einem Skater angefahren wurde. *»She is in hospital!«*

»Is she ***injured***[15]*?«*, fragt Hanna besorgt.

Nelli nickt. *»Yes, she thinks she broke her leg.* Ulli ist gleich mit ihr ins Krankenhaus gefahren. Vielleicht hat sie auch eine Gehirnerschütterung.« Jetzt weint Nelli.

Hanna und ich krabbeln schnell aus dem Bett und setzen uns links und rechts neben Nelli. Zaghaft streiche ich ihr über den Arm, sehe, dass Hanna dasselbe macht. Langsam beruhigt sich Nelli wieder. Schnieft noch zweimal. Arme Ruth, arme Nelli.

[15] **injured:** verletzt

Hanna und ich duschen schnell in diesem Wahnsinns-Bad mit der freistehenden Badewanne, in dem die Dusche durch eine gläserne Schiebetür vom restlichen Bad abgeteilt ist, und ziehen uns an. Timmi und Paul schlafen noch. Aber Lin und Steffi sind hellwach und sitzen mit Nelli in der Küche. Obwohl mir Ruth leidtut, lenkt mich dieser gigantische Blick auf die Stadt mit den Wolkenkratzern, deren Fenster in der Sonne glänzen, für einen Moment ab. Es ist unwirklich, hier zu sein.

Wir sitzen alle zusammen still am Tisch und warten bedrückt auf Ullis Anruf aus dem Krankenhaus.

Niemand hat Appetit. Niemand mag etwas sagen.

Warten. Warten. Warten.

Endlich läutet das Telefon. Steffi greift nach dem Hörer. »*Hello, Finn speaking?*« Sie lauscht angespannt und schaut dabei nicht zu uns. »Ulli, was sagst du? Das ist ja unglaublich! Bist du dir sicher? Aber wer macht denn so etwas?!«

Was ist denn bloß passiert? Neugierig sehen wir Steffi an. Sie beendet das Gespräch und sagt: »Nelli, du kannst beruhigt sein. Ruth geht es den Umständen entsprechend gut. Sie hat sich zwar bei dem Unfall wirklich den Oberschenkelhals gebrochen, aber es scheint zum Glück kein kompliziertер Bruch zu sein. Jetzt hat sie einen schicken rosa Gipsverband, sagt Ulli, und gegen die Schmerzen gibt es ja zum Glück Medikamente. Ein paar Tage muss sie aber natürlich noch im Krankenhaus bleiben.«

Wieso hat Steffi aber vorhin am Telefon so komisch geklungen?

Steffi räuspert sich und starrt auf den Tisch. »Tja, Ruth hatte Glück im Unglück, es hätte noch schlimmer kommen können. Ihr linker Arm ist ebenfalls gebrochen, drei Rippen sind geprellt. Im Gesicht hat sie nur ein paar Schrammen und eine kleine Platzwunde. Ulli meint, sie sei noch ein klein wenig verwirrt, aber das liegt vielleicht auch an den Nachwirkungen der Betäubungsspritze, die sie gegen die Schmerzen bekommen hat.«

Nelli sieht richtig entsetzt aus.

»A broken leg, a broken arm and even more injuries! What could have been worse than that«, murmelt sie unglücklich.

Steffi lächelt, rückt mit ihrem Stuhl näher zu Nelli hin und legt ihr beruhigend die Hand auf den Arm. *»Nelli, we can go and visit her later, in hospital, together with Paul.«*

Nelli nickt. Sie tut mir leid. Ruth natürlich auch.

Steffi tätschelt Nellis Arm: »*Well, there is still one thing …*« Steffi zögert. »*I don't know how to put it, but I think you should know …*«

Was hat sie denn jetzt noch auf Lager? Unwillkürlich halte ich bei Steffis düsterer Ankündigung die Luft an.

»*What else?*«, fragt Nelli ein bisschen zu laut und guckt Steffi ängstlich an.

»*It seems it was no accident but a planned attack!*«

»Was?«, rufen wir erschrocken. Nellis Stimme klingt am schrillsten. »*Someone attacked my mother?*«

Auch Lin starrt Steffi geschockt an. »*Yes, some people have seen the skater running over Ruth* ***on purpose***[16]*! They said, he could have gone round her easily*«, sagt Steffi bedrückt.

Jetzt bin ich ausgestiegen und bitte Steffi, das auf Deutsch zu erklären. Aber Hanna fasst zusammen, dass Ruth mit Absicht über den Haufen gefahren wurde, das könnten Leute bezeugen, die auf dem Gehsteig waren.

»*My poor Mom*«, murmelt Nelli. Lin streicht ihr über den Rücken. »*Don't worry, Nelli. Mrs*

[16] **on purpose:** mit Absicht

Ruth is ***tough***[17]*! She'll be back soon. She is such a strong person!*«

»Mensch, wer macht denn so etwas – und warum?«, fragt Hanna.

»Gibt es jemanden, der Ruth schaden will? Fällt dir jemand ein, Nelli?«, fragt Steffi. »Ist denn in letzter Zeit irgendetwas Auffälliges passiert?« Nelli zuckt mit den Schultern und sagt ratlos: »*I have no idea. No, I can't think of anything.*«

Steffi überlegt. »Na ja, Ruth kennt sehr viele Leute. Das liegt auch an ihrem Job als Fotografin. Außerdem ist sie sehr erfolgreich. Vielleicht ist jemand einfach neidisch auf sie. Vielleicht hat sie einen Job bekommen, den ein anderer haben wollte. Ach, wer weiß ... Vielleicht war es bloß ein schrecklicher Zufall. Vielleicht auch ein Verrückter. Solche gibt es schließlich überall – und in einer so großen Stadt wie New York erst recht.«

»Die arme Ruth!«, sagt Hanna. »Wir müssen sie besuchen und sie aufmuntern und ...«

Mehr kann sie nicht sagen, weil es in dem Moment stürmisch an der Tür klingelt und gleichzeitig mit den Fäusten dagegengetrommelt wird.

Erst jetzt wird mir klar, dass sich direkt neben

[17] **tough:** robust, zäh

der Fahrstuhltür noch eine Eingangstür aus Stahl mit einem beeindruckend massiven Stangenschloss befindet.

»*Open the door!*«, donnert eine tiefe Männerstimme dazu.

Gruselig!

Steffi ist inzwischen zur Tür gelaufen und hantiert mit dem scheußlich quietschenden Stangenschloss herum.

»*One moment, please! Just a second!*«, ruft sie. Endlich hat sie es geschafft und die Tür öffnet sich. Zwei Männer stehen im Flur. Steffi bittet die Besucher herein. Es sind zwei *police officers* in dunkelblauer Uniform. Hintereinander stapfen sie durch den Raum, grüßen kurz, indem sie an ihre Mützen tippen und »*good morning*« in unsere Richtung murmeln.

Bei dem Größeren erkennt man unter seiner geöffneten dunklen Jacke ein Halfter, in dem gut sichtbar eine Pistole steckt. Wie gebannt starre ich darauf. Ich habe noch nie eine echte Waffe gesehen. Sie sieht gefährlich aus.

Der *police officer* zückt einen Kugelschreiber, schaut Steffi scharf an und legt los. »*You know, Mrs Ruth Finn had an accident. We want to ask you a few questions!*«

Er will von uns wissen, ob wir etwas gesehen

oder gehört hätten. Was wir verneinen. Wir haben ja alles komplett verschlafen.

»*Okay*«, sagt er und schaut so grimmig, als würde jedes Lächeln extra Geld kosten.

Der andere kleinere Officer bittet Lin aufzustehen. »*Miss Lin Kim, please* ***follow***[18] *us over there. We need to know …*« Lins Gesicht ist bleich und sie wirft uns noch einen ängstlichen Blick zu, als sie hinter den Polizisten hergeht. Sie wirkt genauso mädchenhaft wie gestern. Steffi führt die drei in den hinteren Teil des Lofts, in Ruths Arbeitsbereich.

Wir können nicht verstehen, was dort gesprochen wird. Was wir aber gut hören können, sind die strengen Stimmen der beiden Männer, die Lin abwechselnd Fragen stellen. Lins leise Antworten kommen bei uns als bloßes Gemurmel an.

»Was hat das denn zu bedeuten?«, flüstert Hanna. »Wieso befragen sie sie alleine?«

»Bestimmt wollen sie auch von ihr wissen, ob sie heute Morgen Ruth gesehen hat und um wie viel Uhr sie heute früh zur Arbeit hierher ins Loft gekommen ist«, sage ich. »Vielleicht hat sie etwas Wichtiges beobachtet.«

[18] **to follow:** folgen

Steffi kommt in dem Moment zu uns zurück.

Sie sieht besorgt aus. »Meine Güte, die haben jede Menge Fragen an Lin«, murmelt sie. »Sie wollen wissen, ob sie vorbestraft ist. Wie lange sie schon bei Ruth arbeitet und wie ihr Verhältnis zu ihrem Bruder und zu eurer Familie ist. Seit acht Jahren ist sie bei euch, das ist doch richtig, oder? Ich soll das jetzt bestätigen.«

Nelli nickt und beißt sich auf die Lippen.

Steffi geht zurück. »*Yes, since eight years* ...«, hören wir sie sagen, dann verlieren sich die Stimmen wieder.

Das »Pling« der Fahrstuhltür kündigt Ulli an. Er geht zu unserem Tisch, fährt sich dabei müde über seine Haare.

»Guten Morgen. Na ja, gut kann man den eigentlich nicht nennen.« Er versucht zu lachen.

»*The police have come*«, sagt Nelli aufgeregt. »*They are talking to Lin. But she is not a* ***suspect***[19], *is she?*«

»Nanu?«, sagt Ulli, »warum sollten sie sie verdächtigen?« Er schaut uns stirnrunzelnd an und geht »mal nachgucken, was los ist«.

Hanna, Nelli und ich sitzen am Tisch. Ich bin nervös und wage es kaum mehr, die anderen an-

[19] **suspect:** der/die Verdächtige

zusehen. Bestimmt fühlen die sich auch so beklommen wie ich.

Ulli kommt zurück und setzt sich neben Nelli. Er streichelt ihre Hand und sagt tröstend: »Das wird schon wieder. Deine Mutter ist tapfer. Sie lässt sich so schnell nicht unterkriegen. Wir besuchen sie nachher zusammen, okay?«

Nelli nickt. Sie wirkt auf mich wieder gefasster als heute früh. *»But what do the officers want from Lin? Did she see anything* ***important***[20] *or what ...?«*

Ulli schaut auf den Tisch und zuckt mit den Schultern. »Nein, eher nicht. Es gibt da anscheinend einige Ungereimtheiten ...«, nuschelt er kaum verständlich. Nelli starrt ihn mit aufgerissenen Augen an. »*What do you mean? What's wrong?* Was für Ungereimtheiten?«, ruft sie jetzt auf Deutsch. Nelli spricht ja Deutsch und Englisch fast gleich gut. Ich wäre ganz froh, wenn sie etwas mehr Deutsch spräche ...

»Jemand hat Lin wohl heute Morgen am Tatort gesehen«, sagt Ulli. Er schaut Nelli dabei immer noch nicht an, als ob ihm das Ganze sehr unangenehm wäre.

Nelli lächelt und fährt jetzt wirklich auf

[20] **important:** wichtig

Deutsch fort. »Ja und? Wahrscheinlich war Lin gerade wie jeden Morgen auf dem Weg zu uns. Daran ist doch auch nichts Besonderes! Da müssen ja auch noch andere Leute auf dem Gehweg gewesen sein, oder?«

Verdächtigen die beiden *officers* Lin? Es sieht allmählich ein bisschen so aus, finde ich.

Ulli sagt: »Ja, Nelli, es waren wirklich auch noch andere auf dem Gehsteig, aber genau das ist das Problem.«

Nellis Gesicht wird erst rot, dann blass. Jetzt sieht Ulli sie direkt an. »Der *officer* sagt, es sei zwecklos zu leugnen. Sie haben eine konkrete Täterbeschreibung, die exakt auf Lin passt!«

»Was! Das kann doch nicht wahr sein!«, ruft Hanna.

»Und jetzt wollen sie sie mitnehmen!«, flüstert Nelli bestürzt. »*Oh no …*«

Ulli nickt. »Ja, Nelli, es ist furchtbar, aber sie sprechen von vorsätzlicher Körperverletzung! Lin wurde beobachtet, wie sie heute Morgen auf ihren Inlinern gegen 6 Uhr 50 Ruth in voller Absicht umgefahren hat!«

»*That's not true!*«, ruft Nelli empört. »*She would never do anything like this!*«

Ulli zuckt ratlos mit den Schultern. »Man hat sie aber gesehen! Sie haben sie eben über ihre

Rechte aufgeklärt. Ich weiß nicht, wie ich es dir sagen soll, aber sie müssen Lin verhaften. Nach all dem, was sie gehört haben, bleibt ihnen überhaupt keine andere Möglichkeit!«

Wir hören Schritte näher kommen.

Die beiden *officers* haben Lin in ihre Mitte genommen und nähern sich unserem Tisch. Der Kleinere sagt schneidend zu Lin: »*After your attack you went to work just like every day. I mean that's cold-blooded!*«

Lin bleibt stehen. Ihre Arme hängen reglos herab, nur ihr Kopf bewegt sich wie aufgezogen hin und her. »*No, no …*«

Mit angehaltenem Atem sitzen wir da. Nelli übersetzt für mich. Die Polizisten meinen, Lin sei besonders kaltblütig, da sie ihrer Meinung nach nach dem Überfall einfach wie jeden anderen Tag auch zu ihrer Arbeit hier erschienen ist.

Hanna flüstert: »Und Lin kann nicht beweisen, dass sie es gar nicht war, und deshalb dürfen sie sie verhaften!«

»*Ms Lin Kim, you are **under suspicion**[21] for attacking Mrs Finn and we are **placing you under arrest**[22]*«, stellt der eine *officer* fest.

[21] **to be under suspicion:** verdächtigt werden
[22] **to place somebody under arrest:** in Untersuchungshaft nehmen

»Sie ist verdächtig und wird in Untersuchungshaft genommen«, übersetzt Ulli.

»*Please follow us!*«, befiehlt der andere *officer.*

Die wollen Lin abführen! Sie denken also wirklich, Lin habe Ruth umgefahren! Die freundliche Lin, die so zart und harmlos wirkt. Niemals kann sie das getan haben! Auch wenn ich sie erst seit gestern kenne ... Ich spüre einfach, dass sie unschuldig ist!

Lin betrachtet den kleinen *officer* und bricht in Tränen aus. Sie sackt in sich zusammen und greift, immer weiter weinend, nach der Eisensäule, vor der sie gerade zufällig kniet. Verzweifelt umklammert sie die Säule und schreit: »*I'm not* ***guilty***[23]*!*« Immer wieder: »*I'm not guilty! Please* ***believe***[24] *me!*« Sie schluchzt.

Auch ohne dass es Nelli mir erklärt hätte, ist klar, dass sie ihre Unschuld beteuert.

Es ist schrecklich. Ich sehe, wie das Weiße an ihren Knöcheln hervortritt, und höre sie schreien und weinen. »*I'm not guilty!*«

Nelli springt auf und will zu ihr laufen. Aber Steffi hält sie am Arm fest. »Nelli, warte, mach es nicht noch schlimmer! So hilfst du ihr nicht!«

[23] **guilty:** schuldig
[24] **to believe:** glauben

»Believe me!«, ruft Lin verzweifelt. *»I didn 't do anything bad. I'm not a gangster!«* Sie weint und hält sich weiter an der Säule fest, als wäre sie eine Ertrinkende und die Säule der Rettungsring.

Aber das nützt ihr gar nichts. Nach kurzem Handgemenge wehrt sie sich nicht länger. Die *officers* haben Lin die Hände auf den Rücken gedreht. Jetzt ist es so still in dem großen Loft, dass wir das Klicken der Handschellen hören. Lin wird abgeführt, als wäre sie eine Schwerverbrecherin. Sie hält ihren Kopf gesenkt, sagt kein einziges Wort mehr, sieht auch nicht zu uns herüber. Im Gegensatz zu den beiden *officers*, die geradezu fröhlich ihr *»Goodbye!«* in unsere Richtung schmettern. Na ja, sie haben ja, was sie wollten.

Mit einem leichten Scheppern schließt sich in dem Augenblick die Tür hinter den beiden Polizisten und Lin.

Mir ist schlecht. Was für ein Morgen!

Nelli schüttelt Steffis Arm ab und ruft: »Warum tut ihr denn nichts? Lin kann doch keiner Fliege etwas tun! Sie hat mit Ruths Unfall bestimmt nichts zu tun! O Gott, warum tut ihr nichts?«

Ulli schaut sie nachdenklich an und sagt: »Bist du dir sicher? Schließlich hat sie jemand dabei beobachtet!«

»Oh, wenn Mama doch nur hier wäre«, stöhnt Nelli. »Sie hätte das bestimmt nicht zugelassen. Niemals! Lin ist für sie wie eine zweite Tochter! Natürlich ist Lin unschuldig. Ihr müsst Ruth fragen. Was hat sie gesehen? Sie müsste es ja wohl am besten wissen!«

»Vielleicht hat Nelli recht«, meint Steffi unsicher. »Schließlich wird Lin doch nicht den Ast absägen, auf dem sie sitzt.«

Ulli fährt sich mit der Hand über sein Kinn. Das macht ein schabendes Geräusch. Offensichtlich ist er heute Morgen nicht zum Rasieren gekommen. »Ruth kann sich nicht mehr daran erinnern«, sagt er. »Wahrscheinlich hat sie einen Schock. Vielleicht auch eine Gehirnerschütterung, obwohl der Arzt davon nichts gesagt hat. Ich weiß es nicht. Sie sagte bloß zu mir, es wäre alles so schnell gegangen. Sie wusste da ja noch nicht, dass Lin verdächtigt wird. Sie hat zu mir gesagt, sie glaube an einen dummen Zufall: zur falschen Zeit am falschen Ort.«

»Lin hätte doch aber gar keinen Grund, es zu tun«, sagt Hanna aufgeregt. »Schließlich hat sie hier bei Ruth feste Arbeit.«

Steffi nickt. Genau das hatte sie eben auch gemeint.

»*And she's been working for us since eight*

years!«, ruft Nelli. »*She's never done anything bad!*«

In dem Moment tapern Timmi und Paul in ihren gestreiften Schlafanzügen quer durch den Raum zu uns.

»Was'n hier los?«, fragt Timmi verschlafen und kuschelt sich an Steffi.

»Paul, mach dir keine Sorgen. Ruth hatte heute Morgen einen Unfall, aber sie hat noch Glück im Unglück gehabt. Ein Skater hat sie angefahren und jetzt wird sie im Krankenhaus untersucht. Wahrscheinlich muss sie dort für ein paar Tage bleiben. Sie ist dort in besten Händen. Und wir besuchen deine Mama nachher zusammen mit Nelli, okay?«

»*They arrested Lin!*«, ruft Nelli und weint.

Dann reden wir alle durcheinander bei dem Versuch, das Ganze den Jungen zu erklären. Dabei verstehen wir es ja selber nicht wirklich.

Ulli wiegt seinen Kopf nachdenklich hin und her. »Wir dürfen aber nicht vergessen, dass Ruth absichtlich angefahren wurde. So sah es wohl für die Zeugen aus«, meint er. Beschwichtigend hebt er die Hände, als wir wieder loslegen wollen. »Wir sollten uns fragen, warum das überhaupt geschehen ist. Wer davon einen Vorteil haben könnte.«

»Aber Ulli«, sagt Steffi, »das Ganze kann doch wirklich ein Zufall sein. In so einer großen Stadt wie New York gibt es genug Verrückte. Vielleicht hatte der Täter oder die Täterin Drogen genommen, oder es war eben doch ein Unfall und die Zeugen wollen sich nur wichtig machen.«

Ulli antwortet nicht. Er kratzt sich am Kopf und sagt schließlich: »Immerhin ist meine Schwester eine reiche Frau. Und damit meine ich nicht nur das Armband ... Wir sollten übrigens bei der Gelegenheit mal schauen, ob es noch da ist. Nelli, weißt du vielleicht, wo sie es versteckt hat?«

Nelli springt wortlos auf und läuft in Ruths Schlafbereich. Sie scheint etwas Schweres auf dem Boden zu verrücken, dann ruft sie: *»That's not possible! It's gone! Completely gone!«*

Ulli sieht uns an. Mir ist ganz heiß. Das kann doch nicht wahr sein! Nachher besteht doch ein Zusammenhang zwischen Ruths Unfall und dem verschwundenen Armband ...

Nelli kommt zum Tisch zurückgelaufen. Als sie spricht, verschluckt sie beinah die Worte, so hastig platzt sie heraus: *»The bracelet has disappeared*[25]*. Just vanished! The vase is empty!«*

[25] **to disappear:** verschwinden

»Welche Vase denn?«, fragt Steffi verwirrt.

»Die große in Mamas Schlafzimmer. Dort hatte sie das Armband zuletzt versteckt. Das hat sie mir vor ein paar Tagen erzählt. Außer mir weiß das niemand.«

»Es war wirklich in einer Vase?«, wiederholt Steffi. »Und jetzt ist es weg? Das kann doch nicht wahr sein!« Sie schüttelt entgeistert den Kopf.

»Bestimmt ist es irgendwo hier!« Alle sprechen wieder durcheinander. Steffi läuft zu der Vase, um sich selber davon zu überzeugen, dass sie leer ist. »Tatsächlich«, stellt sie fest.

»Vielleicht hat Ruth das Armband ja, bevor sie ins Bett ging, noch aus der Vase herausgenommen und an einer anderen Stelle versteckt«, überlegt Hanna.

»*Yes*«, sagt Nelli, »***maybe***[26]. Schließlich macht sie das ja oft.«

»Aber merkwürdig ist das schon«, sagt Ulli nachdenklich. »Erst der Unfall und dann auch noch der verschwundene Schmuck.«

Nelli starrt traurig auf den Tisch.

»Ja, aber um das Armband zu stehlen, hatte Lin Ruth ja überhaupt nicht anfahren müssen«, sage ich. »Sie hätte es einfach klauen können. Sie

[26] **maybe:** vielleicht

hätte sogar ein gefälschtes Armband anfertigen lassen und gegen das echte austauschen können. Es hätte bestimmt eine ganze Zeit gedauert, ehe das jemand gemerkt hätte.«

»Hätte, wäre, wenn! *You and your* ***suspicions***[27]*!*«, schreit Nelli aufgebracht. »Sie war es aber nicht. Sie hat es nicht getan! *If you had known Lin as long as Mum, Paul and I have, you wouldn't say these things about her.*«

»Aber das Armband ist weg. Und die Täterbeschreibung passt offensichtlich gut auf Lin, leider«, sagt Steffi. »Ich fühle mich auch nicht wohl dabei ... Ich habe die ganze Zeit gedacht, Lin habe nichts damit zu tun, aber dass die beiden Ereignisse zur gleichen Zeit passiert sind, gibt mir zu denken. Vielleicht besteht eben doch ein Zusammenhang.«

Obwohl ich das eben auch kurz überlegt habe, glaube ich an Lins Unschuld.

»Und wenn alles doch nur Zufall ist?«, sage ich. »Das eine *muss* ja nichts mit dem anderen zu tun haben.« Ich schaue Steffi an und lege all meine Überzeugungskraft in diesen Blick.

Aber Steffi weicht mir aus, betrachtet ihre Fingernägel.

[27] **suspicions:** die Verdächtigungen

»Lin hat nichts damit zu tun!«, beteuert Nelli wieder. »Und wir müssen ihr jetzt helfen, so wie sie unserer Familie immer geholfen hat. Wir müssen!«

Ulli und Steffi sehen sich an. Zweifelnd. Mit gerunzelter Stirn und zusammengepressten Lippen. Ulli sagt schließlich: »Okay, ich werde nachher mit Ruth reden. Wenn sie derselben Meinung ist wie du, werde ich mich selbstverständlich um einen Anwalt kümmern.«

Nelli kennt Lin am besten. Dennoch bleiben viele Fragen offen.

Wer, wenn nicht Lin, hat Ruth angefahren?

Warum wurde sie überhaupt angefahren? Versehen oder Absicht?

Wer hat Lin dabei beobachtet?

Wo befindet sich das Diamant-Armband jetzt?

Hat Ruth es einfach nur mal wieder zu gut versteckt?

Oder ist es doch gestohlen worden?

Aber wer ist dann der Dieb?

Kapitel 4

in dem wir versuchen, Licht ins Dunkel zu bringen

Es sieht nicht gut aus für Lin. Das ist die bittere Wahrheit.

Während Ulli und Steffi mit den Jungen noch frühstücken, fahren Hanna, Nelli und ich mit dem Fahrstuhl ins Erdgeschoss. Wir haben bloß schnell ein Toastbrot gegessen und wollen jetzt mit Johnny sprechen. »Wenn jemand etwas gesehen oder gehört hat, dann ist das Johnny«, sagt Nelli. »Schließlich ist er hier *doorman*. Er muss seine Augen immer offen halten.« Das sagt sie jetzt bereits zum dritten Mal. Beschwörend. Offensichtlich hofft sie, dass er Lin helfen kann.

Zunächst einmal ist Johnny aber schwer beschäftigt. Sein Tresen ist umlagert von mehreren

Japanern. »*Mister*«, sagen sie und fragen nach einer Sache, die ich nicht verstehe. Und das liegt jetzt nicht an meinem Englisch.

»*May I ask you, where is the big dog show casting?*«

Ein Casting für eine Hundeshow? Als Nelli meinen Blick sieht, grinst sie und erklärt es. »Es gibt hier viele Hundeshows. Natürlich will man nur die besten Hunde auf die Bühne lassen. Sie casten hier im Kindertheater häufig Tiere, Menschen manchmal auch. Heute geht es wohl um eine Hunde-Modenshow. Es gibt ja schließlich auch Mode für Hunde.«

»Aha.« Ehrlich gesagt habe ich mir darüber noch nie zuvor Gedanken gemacht. Eine Modenschau für Hunde!

Ein Herr mit einem kamelhaarfarbenen Pekinesenhund, dessen Kopf eine rosa Schleife verunziert, hat dasselbe Anliegen. Er will zum *big dog fashion show casting*. Eine dünne Rothaarige führt ihn hin. »Mona«, erklärt mir Nelli, »arbeitet hier im Haus manchmal als Babysitterin oder sie hilft im Kindertheater.«

Und dann ist da noch ein Paar, beide in weißen Hosenanzügen mit pechschwarzem Haar. Sie winken Nelli kurz zu und beginnen dann heftig mit Johnny zu diskutieren.

»Das sind Luke und Peggy«, sagt Nelli.

»Sind die beiden Geschwister?«, fragt Hanna. »Sie sehen sich ja total ähnlich.«

Nelli lacht und erklärt: »Nein, sie sind verheiratet. Sie wohnen neben uns. Ruth hat sie mal für ein Magazin fotografiert. Sie arbeiten zusammen an einem Theater. Beide sind Tänzer. Ich glaube, wenn sie nicht tanzen, streiten sie miteinander. Sie haben mal einen Sommer lang bei uns im Loft die Pflanzen gegossen. Mama war sauer, weil ihnen zwei große Palmen eingegangen sind. Und die beiden haben sich dann angegiftet und sich gegenseitig die Schuld daran gegeben. Dabei haben sie die Pflanzen einfach nur zu viel gegossen.«

Da Johnny immer noch schwer beschäftigt ist, setzen wir uns auf das rote Ledersofa, das in der Nähe des Tresens steht. Halb verborgen durch einen weiteren zwei Meter großen Papphasen, der ein Schild mit der Aufschrift »*Happy Easter!*« zwischen seinen Pfoten hält, haben wir eine gute Position. Der arme Johnny hat alle Hände voll zu tun. Luke und Peggy sind nicht die Einzigen, die sich beschweren. Einzelne Satzfetzen dringen zu uns.

»*... I heard some noise ... someone ... in the middle of the night. ... fire escape. That's an* ***impudence***[28]*!... noise!*« Auch andere Leute am Tresen sprechen vom Lärm in der Nacht, sagen, dass man es verbieten solle, die Feuerleitern zu betreten. »*We want peace, you know?*«

Hanna beugt sich zu mir, sagt aufgeregt: »Hast du das gehört? Da waren gestern Abend Leute auf der Feuerleiter.«

Nelli sagt: »Meinst du, das könnte bedeuten, dass jemand über die Feuerleiter bei uns eingestiegen ist, während wir in *Soho* spazieren waren?«

»Ja! Lin ist gestern nach dem Essen nach Hause gegangen – und Steffi war bei Timmi und Paul im Zimmer. Vielleicht hat sie deshalb nichts gehört«, überlegt Nelli.

»Mensch, so könnte es vielleicht gewesen sein«, sage ich.

Begeistert sehen wir uns an. Das könnte die Erklärung für den Armband-Diebstahl sein. Falls es sich um einen Diebstahl handelt und nicht bloß um ein verstecktes Schmuckstück!

Inzwischen ist Johnnys Tresen leer. Sofort marschieren wir hin.

»*Good morning, Johnny!*«, sprechen wir wie einstudiert im Chor.

Er lacht: »*Hello, young ladies. What can I do for you?*« Dann schaut er Nelli an und erinnert

[28] **impudence:** die Frechheit, die Unverschämtheit

sich offensichtlich an Ruths Unfall. Er schlägt sich mit der Hand an den Kopf. »*Oh Nelli, I almost forgot about your mother. Sorry! How is she? Is she doing fine?*«

Nelli antwortet ihm: »*No, she must stay in hospital for a week. Her leg ... I'll visit her today ...*«

Ich verstehe gar nichts mehr. Obwohl »*visit*« ja wohl »besuchen« bedeutet, klar.

Sie fragt ihn, ob er heute Morgen etwas beobachtet habe.

Johnny kratzt sich am Kopf und legt die Stirn in Falten. »*Yes, I did see an Asian girl. I'm sorry, Nelli, but I think it was really Lin. She* ***rushed***[29] *over the* ***sidewalk***[30] *on her in-line skates like a crazy rocket. No chance for your mother ... And then I saw Mrs Romy. She was* ***confused***[31] *and she was shaking all over.*« Am ganzen Körper habe Romy gezittert. Sie habe alles mit ansehen müssen. Sie sei auch besonders geschockt gewesen, weil sie ja Lin kenne, meint Johnny. Auch er habe mit der Polizei gesprochen und Romys Aussage bestätigt, übersetzt Nelli.

[29] **to rush:** rasen
[30] **sidewalk:** der Bürgersteig
[31] **confused:** verwirrt, durcheinander

»*She is lovely. I like Lin*«, sagt Johnny noch. »*She is a nice girl.*«

Also sind es schon zwei, die Lin gesehen haben. Na ja, oder glauben, sie gesehen zu haben. Nelli erzählt Johnny, dass die Polizei Lin gerade eben festgenommen hat.

»*Oh, I am sorry*«, sagt er und schüttelt traurig den Kopf.

»Wir sollten nachher unbedingt mit dieser Romy sprechen!«, sagt Hanna.

Ich nicke. »Auf jeden Fall.«

»*What about Yenli, Lin's brother? They are living together in Chinatown. He's a big* ***troublemaker***[32]*. He's no good*«, behauptet Johnny.

Er sieht so aus, als wolle er noch mehr sagen, aber er muss schon wieder arbeiten. Eine weißblonde Frau mit einem weißen Pudel steuert zielstrebig auf ihn zu.

Bevor wir gehen, ruft er uns noch zu, als ob ihm peinlich wäre, was er vorher gesagt hat: »*It must be a big* ***misunderstanding***[33]*. I like Lin! Believe me, I do!*«

Na, auf diese Art gemocht zu werden, da könnte ich aber glatt drauf verzichten. Schließ-

[32] **troublemaker:** der Unruhestifter
[33] **misunderstanding:** das Missverständnis

lich hat er sie eiskalt ans Messer geliefert – oder etwa nicht?

»Und was soll das Gerede von ihrem Bruder?«, sage ich danach zu Hanna und Nelli. Sie zucken beide mit den Schultern. »Keine Ahnung«, meint Nelli. »Ich glaube aber, er mag Lin wirklich. Er ist halt zu ehrlich, da sind die beiden sich eigentlich sehr ähnlich. Er wollte sie bestimmt nicht ans Messer liefern, wie du sagst. Aber immerhin war er dabei, als meine Mutter angefahren wurde!«

»Tut mir leid!« Schrecklich, ich hatte für einen Moment überhaupt nicht mehr an Ruth gedacht.

»That's okay«, sagt Nelli und lächelt mich an. *»Come on, let's take the stairs. Look, here are even more Easter* ***bunnies***[34]*!«*

Wir gehen also durch das pinkfarben gestrichene Treppenhaus und bestaunen die zahlreichen Papp-Osterhasen, die wirklich auch hier an den Wänden ihre Löffel spitzen. So viel Osterdeko alleine in einem Gebäude habe ich echt noch nie gesehen. Wir gucken und staunen.

Hanna lässt sich von den Hasen nicht ablenken. Sie fasst noch einmal alle Punkte zusammen. »Was wissen wir? Erstens: Ruth ist heute Morgen angeblich gezielt von Lin angefahren worden.

[34] **bunny:** der Hase

Das Ganze wurde von Romy und Johnny beobachtet. Wir müssen Romy aber dazu noch persönlich befragen. Zweitens: Als Hauptverdächtige hat die Polizei Lin verhaftet. Drittens: Ruths Diamant-Armband ist spurlos verschwunden. Vielleicht ist der Dieb über die Feuerleiter eingestiegen, um es zu klauen. Das hätte auch jemand aus dem Haus machen können.«

Ich ergänze: »Wir müssen das Armband unbedingt wiederfinden, denn wenn die Polizei erfährt, dass es verschwunden ist, verdächtigen sie Lin erst recht, oder?«

»Ja«, sagt Nelli, »dann wüssten sie wenigstens, dass sie kein Motiv haben kann.«

»Außerdem müssen wir klären, ob jemand anderes Ruth oder Lin schaden will – oder ob es sich bloß um einen bösen Zufall handelt!«, überlege ich.

Hanna sagt: »Ja, und wir müssen herausfinden, wem das Ganze etwas nützt, wenn es mit Absicht geschehen ist. So ein Armband ist schließlich sehr wertvoll. Wir müssen also klären, wer von diesem Diamant-Armband wusste und eventuell in Schwierigkeiten steckt.«

»Genau. Wer zum Beispiel Geldprobleme hat«, sage ich.

Nelli starrt uns bewundernd an. »Man merkt

total, dass ihr schon einmal einen Fall geklärt habt. Ihr geht die Sache echt mit System an, wie richtige Profis!«

»Das liegt daran, dass wir echte Profis sind!«, erklärt Hanna und wirft den Kopf in den Nacken.

»Wir müssen auch herausfinden, was mit Lins Bruder Yenli los ist«, sage ich. »Vielleicht hat ja Johnny recht und dieser Yenli steckt da irgendwie dahinter ...«

Hanna sagt: »Ja, stimmt. Eine Sache sollten wir übrigens auch nicht vergessen. Ich will es nur gesagt haben: Lin hätte durchaus die Möglichkeit gehabt, Ruth morgens in schwarzer Sportkleidung aufzulauern ...«

Nelli schüttelt heftig den Kopf. »Mensch, Ulli hat dir vorhin wohl den Kopf verdreht!«, fährt sie Hanna an. »Lin kann nicht mal eine Ameise töten.«

Hanna grinst. »Ich glaub doch auch, dass deine Lin unschuldig ist, aber als erfahrene Detektive müssen wir die Sache einfach von allen Seiten betrachten. Von oben und unten. Hinten und vorne.«

»Ich sehe das genau wie Hanna«, sage ich schnell – und das stimmt.

Nelli guckt uns verwirrt an. »Also, helft ihr mir jetzt, Lins Unschuld zu beweisen, oder nicht?«

Hanna und ich sehen uns an, blicken zu Nelli.

Grinsen. »Ehrensache!«, antworte ich und strecke meine Hand aus. Hanna und Nelli schlagen nacheinander ihre Hände auf meine flache Hand. Und Hanna sagt feierlich: »Der zweite Fall für *die kleinen Fische*, und das in New York! Wer hätte das gedacht?«

Nelli lacht. Es klingt erleichtert.

Als wir dann das Loft betreten, ist die Diskussion über Lin immer noch – oder schon wieder – im Gange.

»Lin hätte doch das Armband ganz einfach an sich nehmen können. Danach hätte sie dreist behauptet, ein Einbrecher habe es gestohlen«, überlegt Ulli gerade. »Nichts leichter als das.«

»Du versteht das einfach nicht!«, ruft Nelli empört von der Tür aus. »Genau das hätte Lin niemals getan. Ich habe einmal etwas Süßes im Kaufhaus geklaut. Ich war noch klein, ich wusste gar nicht, was ich tue. Ihr hättet Lin erleben sollen. Sie war völlig außer sich. Ich musste mit ihr hingehen und die Süßigkeiten wieder zurückbringen und mich bei einer völlig gleichgültigen Verkäuferin entschuldigen. Sie ist durch und durch ehrlich – und sie ist unschuldig!«

Hanna sagt: »Und genau das werden wir beweisen! Wir müssen einfach Ruths Armband wiederfinden!«

»Wäre gut, dann würde nämlich schon mal das Motiv für die Tat fehlen«, sagt Steffi.

Nelli ruft dazwischen: »Es kann aber hier irgendwo im Loft sein.« Sie zeigt auf den großen Raum.

»Na dann, finden wir es doch einfach!«, schreit Timmi. »Ja!«, kreischt Paul. Ich glaube, Paul und Timmi sind hier gerade die Einzigen, die die ganze Sache einfach *nur* spannend und aufregend finden. Als wäre das alles ein Abenteuer – und kein blutiger Ernst.

Steffi steht auf und geht Timmi entgegen. »Kinder, jetzt beruhigt euch doch erst einmal wieder. Wir werden das alles klären, versprochen. Und das Armband werden wir zusammen hier suchen. Aber ich finde, erst einmal sollten doch Nelli und ich zusammen mit Paul zu Ruth ins Krankenhaus fahren. Die Ärmste hat sich den ersten Tag mit uns bestimmt auch anders vorgestellt. Nelli, Paul, seid ihr damit einverstanden?«

Nelli starrt unglücklich auf den Boden und murmelt: »Ja, natürlich.« Paul nickt. »*We'll* ***cheer***[35] *Mommy* ***up****. She'll laugh so hard her* ***cast***[36] *comes off her leg.*«

[35] **to cheer someone up:** jemanden aufheitern
[36] **cast:** der Gipsverband

»Bis ihr der Gips vom Bein abfällt«, murmelt Hanna und lächelt, auch Nelli muss wieder grinsen. *»I'm not sure she would want this, but it'll do her good to see us – and listen to us!«*

Steffi legt tröstend den Arm um Nelli: »Ich bin mir sicher, alles wird sich aufklären. Nach dem Krankenhaus sehen wir weiter.«

Der »Rest« wird mit Ulli New York unsicher machen. Ulli meint, er wolle uns auf andere Gedanken bringen. Das wird bestimmt schön, aber wir werden nicht vergessen, Romy zu befragen.

Aufgeschoben ist nicht aufgehoben!

Ich bin zum Platzen gespannt. Was wird sie uns sagen?

Kapitel 5

in dem wir uns in Manhattan Blasen laufen

Hanna, Timmi, Ulli und ich stehen wenig später einen halben Häuserblock weiter auf dem Gehweg, genauer gesagt, auf dem Gehweg vom Broadway, eine der berühmtesten Straßen von New York. Die Autos rauschen an uns vorbei, hupen, bremsen. Laute Musik dringt durch die geöffneten Fenster. Ein Presslufthammer – oder zwei oder drei – lässt den Boden unter meinen Füßen zittern. Weiter weg schreit ein Mann etwas. Es klingt böse, seine Stimme überschlägt sich – trotzdem ist es toll! Toll, hier zu sein! Mitten in Manhattan.

Wir gehen weiter, bleiben immer wieder nach ein paar Metern stehen, gucken und staunen. »Ich habe noch nie so viele unterschiedliche

Menschen auf einem Haufen gesehen«, sage ich ergriffen. Hanna lacht: »Das hast du gestern schon gesagt.«

»Du hast recht, aber es haut mich eben immer noch um.« Ich hatte mal ein Kinderbuch, das hieß *Die verschiedenen Völker der Welt*. An dieses Buch muss ich jetzt hier auf dem Broadway denken. Es ist nämlich ein bisschen so, als hätte man all die Menschen aus meinem Buch lebendig gezaubert und hier ausgesetzt, mitten im *Big Apple*, wie man New York auch nennt.

Berlin ist auch nicht gerade klein, aber gegen New York ist es bloß ein Witz, eine große Kleinstadt, so kommt es mir in diesem Augenblick vor. Ich gehe weiter und kann gar nicht genug sehen.

Hier leben eine Menge Menschen mit allen Hautfarben: Schwarze, Chinesen, blasse und braun gebrannte Hellhäutige – und allen Haarfarben, von weißblond bis schwarzrot gestreift, die bravsten Frisuren vom Mittelscheitel bis zu den wildesten, verfilztesten Rastalocken oder Dreadlocks. Als eine zarte Asiatin an uns vorbeigeht, muss ich gleich wieder an Lin denken. Eine gruselige Vorstellung, dass sie jetzt – unschuldig – im Gefängnis sitzt. Ob sie sie gerade verhören oder bereits in eine Zelle geführt haben? Die Arme. Hoffentlich haben sie ihr inzwischen wenigstens die Handschellen abgenommen.

Für einen Augenblick stelle ich mir Lin vor, wie sie alleine und traurig in einer tristen, grauen Zelle steht. Sie hat ein dünnes, blauweiß gestreiftes Sträflingshemd und dazu passende Hosen an. An ihrem Fuß befindet sich eine schwere Eisenkugel, die mit einer Kette um ihr schmales Fußgelenk gebunden ist. Sie schaut zum Fenster hoch, in dem nur der Himmel zu sehen ist.

Ein asiatischer Junge drängelt sich an mir vorbei. Er hat es anscheinend noch eiliger als alle anderen. Aus Versehen rempelt er mich an. Empört sehe ich hinter ihm her. Von hinten unterscheidet er sich kaum von dem jungen Mädchen neben ihm. Dabei kommt mir plötzlich eine Idee. »Hanna! Warte doch mal!«, sage ich aufgeregt. »Es könnte doch sein, dass jemand, der Lin sehr ähnlich sieht, auch so zierlich ist und eine ähnliche Frisur hat, Ruth angefahren haben könnte. Die Person muss Lin ähnlich sehen, denn Johnny und Romy glauben schließlich beide, dass sie es war.«

Hanna sieht mich an. Wir haben jetzt unser Tempo verringert. »Ja, kann sein, dass es so war«, sagt sie nachdenklich. »Jetzt müssen wir bloß noch herausfinden, warum das jemand hätte tun sollen. Es würde auf jeden Fall erklären, warum die Täterbeschreibung genau auf Lin passt, auch wenn sie es gar nicht war.«

Was wäre eigentlich, wenn Lin doch die Täterin wäre? Vielleicht hat ihr Bruder sie so unter Druck gesetzt, dass sie bereit war, es für ihn zu tun? Aber nein, das ist Quatsch. Sie hätte die arme Ruth bestimmt nicht über den Haufen fahren können. Ruth ist doch fast wie eine Mutter für sie.

Ulli und Timmi bleiben stehen. »Mädels!«, ruft Ulli. »Jetzt vergesst doch bitte mal für einen Augenblick das Ganze – und genießt es einfach, hier auf dem Broadway zu sein, okay? Eine weltberühmte Straße! Ich will mit euch bis hoch zum *Washington Square* gehen. Dort kann man herrlich in der Sonne sitzen und den Tag genießen.«

Gut, vergessen wir kurz das Ganze – auch wenn es schwerfällt.

Ich halte die Augen offen, während wir weiter über den *Broadway* spazieren.

Elegante Damen in edlen Kostümen stöckeln auf *high heels* neben Herren in Anzügen, gefolgt von schmuddelig wirkenden Figuren, deren Zehen aus kaputten Schuhen schauen wie neugierige Augen. Die meisten Menschen hasten an uns vorbei, aber immer darauf bedacht, niemanden anzurempeln. Viele trinken im Gehen Kaffee aus Pappbechern und telefonieren dabei, das heißt, sie sprechen in ihre *headsets*. Von Weitem sieht es aus, als würden sie Selbstgespräche führen. Diese *headsets* haben winzig kleine Kopfhörer. Habe ich bei uns zwar auch schon gesehen, aber nicht so oft wie hier.

Wir spazieren weiter und weiter, sammeln immer mehr Eindrücke. Kinder in teuren Klamotten, die in eleganten Häusern verschwinden. Obdachlose, die in Lumpen gehüllt sind oder dicht vor ihren Pappkartons hocken wie andere Menschen auf der Veranda vor ihren Häusern. Und überall, an den Fassaden und auf Werbetafeln, grinsende Osterhasen, bunte Ostereier. *Happy Easter*, wohin man schaut. Und dann sehe ich prompt ein Plakat, das für die *Easter Parade* auf der *Fifth Avenue* wirbt. Wow, eine *Easter Parade*. Also, in Berlin gibt es auf jeden Fall keine Oster-Parade. Na ja, wir feiern ja nicht einmal richtig Fasching.

Ein paar Häuser weiter bleibe ich vor einem Schaufenster stehen, in dem pinkfarbene Hochzeitstorten mit türkisfarbenen Herzen liegen. Mein Magen knurrt. Ich habe Hunger, die anderen auch. Wir haben heute Morgen alle nicht besonders viel gefrühstückt.

»Am *Washington Square* können wir einen Hotdog essen und Pause machen. Da ist immer was los«, sagt Ulli, als hätte er meinen Magen gehört. »Musiker, Tänzer ... ihr werdet schon sehen. Selbst Bob Dylan ist dort schon aufgetreten!«

»Wer ist denn das?«, frage ich leise.

Ulli sieht mich an und schüttelt betrübt den Kopf über meine Unwissenheit. »Bob Dylan ist ein sehr berühmter Sänger«, antwortet er. »Ja, das ist er, auch wenn er mittlerweile schon älter ist. Er ist ein großer *songwriter*! Einer der besten!«

Hanna und ich grinsen uns an. Es ist lustig, wie Ulli hier ins Schwärmen gerät.

»Es ist wirklich toll hier mit euch!«, sage ich und Hanna drückt meine Hand.

Ich bekomme allmählich Genickstarre, weil ich meinen Kopf immer in den Nacken lege, um die Wolkenkratzer anzustaunen. Aber wohin wir uns auch drehen, es gibt so viel zu sehen ... die bunte, flackernde Werbung an oder über fast jedem Geschäft, die hastig laufenden Menschen. Wer kurz stehen bleibt, wird – wie ich – einfach sacht zur Seite geschoben. Die Autoschlangen bewegen sich langsamer als die Menschen, hupend verstopfen die Wagen die Straßen. Wie gestern Abend fallen mir die vielen Jugendlichen – aber auch Erwachsenen – auf, die wohlfrisierte Hunde in bunten Jäckchen und Höschen (!) ausführen. Das sind wohl wieder die *dogwalker*, von denen Steffi gestern gesprochen hat. *Dogwalker* zu sein stelle ich mir lustiger vor, als Babys die Windeln zu wechseln. Witzig auch, dass Hunde hier so eine große Rolle spielen, dass es sogar eigene Modeschauen für sie gibt. Ich hab schon gehört, dass es sogar extra Hundefilme gibt! Wahrscheinlich schreibt man irgendwann auch noch Theaterstücke für die Vierbeiner!

Wir laufen und laufen. Allmählich fühle ich mich, als wären wir schon einen ganzen Tag und nicht ein paar Stunden unterwegs. Und inzwischen könnte ich mindestens zwei Hotdogs verdrücken, solch einen Hunger hab ich.

»Der *Washington Square*!«, sagt Ulli stolz, als hätte er ihn persönlich erbaut. »Hier machen wir jetzt Pause.«

Na endlich! Wir schreiten durch ein großes steinernes, weißes Tor, eigentlich eine Art Rundbogen, und setzen uns auf eine Bank, die gerade in dem Moment frei wird. Endlich sitzen.

»Hotdog?«, fragt Ulli. Wir nicken und strecken stöhnend unsere Beine aus, während Ulli und Timmi losziehen – zu einem Mann, der sich einen silbernen Bauchladen umgeschnallt hat. Da aus diesem silbernen Ungetüm heißes Wasser dampft, hat er dort anscheinend seine Hotdogs aufbewahrt. Nicht schlecht finde ich, dass er ein Schild direkt auf dem Kopf befestigt hat! »*Our hot dogs make you happy!*« steht drauf. Machen diese heißen Würstchen im Brötchen wirklich glücklich? Der Mann weiß auf jeden Fall, wie man platzsparend seine Ware unter die Leute bringt.

»Ich hab keine Füße mehr, aber jede Menge Blasen«, behauptet Hanna.

»Ich habe auch Blasen, nichts als Blasen, glaube ich«, sage ich matt.

In dem Moment kehren Ulli und Timmi mit Hotdogs und Sprite zurück. »Tja, New York muss man sich eben erobern«, sagt Ulli, als er uns so schlaff da sitzen sieht. Er wirkt frischer als wir, so als wäre er eben nach einem schönen Bad in einem kühlen See zu uns gekommen. Ganz schön ungerecht, finde ich.

Während wir alle unsere Hotdogs essen und Sprite trinken – schmeckt süßer als in Deutschland –, tobt um uns herum das Leben. Jugendliche, mit Baseballkappe oder Stirnbändern, die Hip-Hop tanzen – oder so was in der Art. Ein paar Meter weiter hinter ihnen singt eine ältere Frau mit hüftlangen knallroten Haaren etwas über ihre *»big love to brother Rudy. I cried for him on the floor«*.

Ulli seufzt und schaut nachdenklich in die Ferne. Wahrscheinlich denkt er gerade an *his sister* Ruth. Als er meinen Blick bemerkt, sagt er: »Es ist einfach zu dumm, dass das Diamant-Armband nun auch wie vom Erdboden verschluckt ist. Ehrlich gesagt, ich bin mir gar nicht so sicher, dass sich die Polizei wirklich mit ihrem Verdacht irrt.«

Ich habe Lin zwar erst gestern kennengelernt, aber ich kann mir nicht vorstellen, dass sie wirklich schuldig sein soll. Schließlich arbeitet sie schon so lange für Ruths Familie. »Aber Lin wirkte doch so nett«, sage ich leise.

Kurz muss ich daran denken, wie ich mich letztes Jahr im Sommer, als wir Bazilles Halstuchbande bekämpften, in dem schönen Arzt Georg geirrt hatte. Der gute Mann hatte sich schließlich als Hochstapler und Dieb entpuppt. Aber hier bei Lin ist das doch eine andere Sache, oder? Hoffentlich …

Ulli sagt: »Nett, ja schon, aber wer kennt Lin denn wirklich? Du? Steffi? Ich nicht. Und Ruth, ach, sie ist so gutgläubig … Ich weiß, dass Ruth auch Wertpapiere besitzt. Hoffentlich hat sie die wenigstens in ihren Safe getan. Das werden wir nachher klären. Kinder, ich höre jetzt auch wieder damit auf. Tut mir leid, dass ich euch schon wieder damit behellige.« Er schüttelt den Kopf, als könne er so alle störenden Gedanken wie lästige Insekten verscheuchen.

Als habe er bei uns etwas wiedergutzumachen, überzeugt er uns davon, mit einem Taxi noch ein Stück den Broadway »hochzufahren«, einen Blick auf den *Times Square* zu werfen und danach wieder *downtown* zu fahren und auf das *Empire State Building* zu gehen. Eigentlich sind Hanna und ich hundemüde, aber gleichzeitig wollen wir ja auch noch etwas von Manhattan sehen. Timmi behauptet ohnehin, er könne noch »Stunden, Tage so weitermachen«. Kleiner Angeber.

Als wir aufstehen, entdecke ich hinter der rothaarigen Sängerin in der Menge der Zuschauer zufällig ein bekanntes Gesicht: Romy.

Ja, ich habe mich nicht geirrt. Es ist Romy, die dort in ihrem auffallenden roten Samtmantel steht; zufällig hat er dieselbe Farbe wie die Haare dieser Sängerin. Romy hat sich eine mondäne Sonnenbrille in die Haare gesteckt und redet armefuchtelnd auf einen dunkelhaarigen, großen Mann ein. Komischer Zufall, so eine große Stadt und dennoch sehe ich Romy hier wieder.

Wir müssen so bald wie möglich mit ihr sprechen. Wieder denke ich, dass sie sich doch gar nicht sicher sein kann, dass die Skaterin wirklich Lin war. Es ging ja bestimmt alles sehr schnell. Vielleicht will sie Lin eins auswischen. Aber warum sollte sie das eigentlich wollen?

Meine Gedanken rattern durch meinen Kopf, im selben Rhythmus wie die Trommel, die ein junger Afrikaner gerade schlägt, an dem wir auf dem Weg vorbeikommen.

Woher will Romy überhaupt wissen, dass es ein junges Mädchen war? Vielleicht war es ja ein klein gewachsener Schwede mit Perücke und besagter Sonnenbrille! Ha!

»Charlie, wo bleibst du denn?«, ruft Hanna.

»Ich komme!« Schnell laufe ich zu den anderen. »Guck mal, da hinten steht diese Romy!«

»Wo denn?«, fragt Hanna.

Ich zeige in die Richtung, aber Romy ist plötzlich verschwunden. »Du hast dich bestimmt geirrt«, sagt Hanna. »New York ist eine Riesenstadt, da wäre es schon ein großer Zufall, dass du Romy hier begegnest.«

Na ja, ich weiß nicht. Ich habe sie schließlich gesehen! Oje, bei jedem Schritt drücken meine Schuhe auf die Blasen. Zum Glück müssen wir nicht weit gehen. Ulli stellt sich an den Straßenrand, pfeift auf zwei Fingern – das möchte ich auch gerne können – und stoppt ein *yellow cab*.

Als ich mich in das Auto plumpsen lasse, sehe ich gerade noch aus den Augenwinkeln, wie Romy den dunkelhaarigen Mann mit beiden Händen festhält, während er sich ein wenig windet. Beide lachen.

Also hatte ich doch recht!

Kapitel 6

in dem ich zufällig etwas entdecke

Wir fahren *uptown* am *Times Square* vorbei.

»Hier gibt es nichts, was es nicht gibt!«, behauptet Ulli.

Auf jeden Fall gibt es zig blinkende Werbetafeln. Kinos liegen dicht gedrängt nebeneinander, bunte Kinoreklame mit riesiger Schrift prangt an den Hauswänden darüber. Musiker mit Trommeln groß wie Lkw-Reifen stehen neben Indianern. Na ja, zumindest tragen sie Indianerkostüme mit Federn auf dem Kopf! Ich entdecke einen Mann, der bloß knappe weiße Shorts trägt mit der Aufschrift: »*Naked Cowboy!*«, dazu weiße Cowboystiefel. Wahnsinn!

»Wir werden hier bestimmt auch noch mal spazieren gehen«, meint Ulli. »Es ist irre!« Ulli ist aufgekratzt. Als wir an dem Lokal »*Twins*« vorbeifahren, erzählt er, dies sei ein Restaurant von Zwillingen nur für Zwillinge. Verrückt. Wir würden dort also nicht bedient werden. Wir wenden und fahren *downtown* bis zum *Empire State Building*. Es ist 1250 *feet* hoch. Was? Die messen hier in »Füßen«? Ich staune.

Wir fahren mit einer Horde Japanern und anderen Deutschen mit dem *skyride* in den 102. Stock hoch. Oben auf der Plattform, die rings um die Kuppel führt, pfeift uns dann ziemlich der Wind um die Ohren.

»Ist das nicht atemberaubend?«, fragt Ulli. »Ursprünglich sollten hier an der Spitze Luftschiffe andocken.«

»It's really breathtaking!«, murmelt eine Frau neben uns.

Der Blick ist etwas getrübt, da man vorsorglich in etwa zwei Metern Höhe Gitter zur Sicherheit angebracht hat. Aber es gibt silberne Fernrohre, deren Gucklöcher ein bisschen wie Augen ausschauen. Ulli wirft Münzen in den mundähnlichen Schlitz ein und wir gucken fasziniert nach unten auf die ameisengroßen Menschen, während uns der Wind gnadenlos um die Ohren pfeift und die Haare zerzaust.

Ulli zeigt uns die kahle Stelle »*Ground Zero*«.

Das ist der Ort, an dem früher, vor dem Anschlag am 11. September 2001, das *World Trade Center* stand. »Das *World Trade Center* war das höchste Gebäude in den USA, jetzt ist es wieder der *Sears Tower* in Chicago und dann das *Empire State Building.*«

Ich sehe die grüne Freiheitsstatue von *Liberty Island.* Von hier oben sieht sie nur noch so groß aus wie eine Barbiepuppe.

»Die *Statue of Liberty* haben die Einwanderer als Erstes gesehen, wenn ihr Schiff hier im Hafen ankam«, sagt Ulli. »Sie ist bis heute ein Symbol für Freiheit.«

Freiheit. Ich muss an Lin denken, die jetzt hinter Gittern sitzt.

Wir stehen noch eine Weile auf dem *Empire State Building* und genießen diesen wunderbaren Blick. Ulli zeigt uns den *Central Park.* Dort können wir Karussell fahren, dann ins Naturkundemuseum oder ins *Guggenheim* gehen. Das *Guggenheim* ist auch ein Museum und hat eine witzige Form wie eine weiße Spirale. Ulli will mit uns im *Rockefeller Center* Schlittschuhlaufen, ins ***Macy's***[37] zum Einkaufen gehen und mit der *sub-*

[37] **Macy's:** Name einer bekannten amerikanischen Kaufhauskette

way bis *Long Island* fahren. Obwohl das alles total interessant klingt, brauche ich eine Pause. Gehorsam blicke ich durch das Fernrohr und schaue auf diese Stadt, die »niemals schläft« – wie Ulli sagt –, und merke, wie meine Augen glasig werden.

Es wird hier oben auch allmählich zu kalt. Zum Glück klingelt Ullis Handy. Steffi ist dran. »Ja! Nein, ich glaube nicht ... Ach, meinst du?«, sagt Ulli schuldbewusst und beendet das Gespräch. »Steffi meint, ich hätte euch am ersten Tag viel zu viel zugemutet.«

Hanna beteuert, dass dem ganz und gar nicht so wäre, und Timmi behauptet, er wäre fit wie nie. Natürlich stimme ich zu. Es war toll, aber etwas geschafft bin ich schon.

»Die ganzen Eindrücke, die Menschen – ich bin für heute platt«, seufzt eine Deutsche im Fahrstuhl. Ich weiß genau, wie sie sich fühlt.

Wir nehmen wieder ein Taxi. Ich glaube, auch Ulli ist jetzt nicht mehr ganz so wild aufs Laufen. Er behauptet aber, er würde nur uns zuliebe darauf verzichten. Diesmal geraten wir an eine spezielle Taxifahrerin. Sie hat kakaofarbene Haut, weißblond gefärbte Haare, dazu trägt sie ein lilafarbenes ***baseball cap***[38] und kaut süß duftenden

[38] **baseball cap:** die Baseballkappe

Kaugummi. Vielleicht ist es auch nur ihr Parfum. Auf jeden Fall fährt sie Ullis Meinung nach viele, viele Umwege. Aber es nützt ihm nichts, dass er sie höflich darauf hinweist. »*Ma'am, excuse me, but I think, that's the wrong way. You'd better **turn**[39] left here.*« Sie schaltet stur in einen anderen Gang, sagt: »*Well, Mister, I don't think so …*«, blinkt und fährt so weiter, wie sie es für richtig hält. Ulli murmelt was von Umweg vor sich hin. Als wir endlich vor der Schokoladenfabrik halten, müssen wir aber keinen Cent mehr zahlen als sonst, das gibt Ulli kleinlaut zu. »New York ist eben immer für eine Überraschung gut!«

Und ich denke, dass Ulli ein ganz schön misstrauischer Mensch ist. Wer weiß, was er schon alles erlebt hat!

In der Eingangshalle herrscht das nun schon vertraute Gewimmel. Hanna und ich wollten Johnny noch einmal fragen, ob ihm noch irgendetwas eingefallen sei, eine Kleinigkeit, die vielleicht Lin helfen könnte. Aber Johnny ist gar nicht da, sondern ein fremder, blonder *doorman*. Eigentlich logisch, Johnny kann ja nicht Tag und Nacht hier stehen.

Im ehemaligen Lastenfahrstuhl rattern wir

[39] **to turn:** abbiegen

nach oben und werden mit einem »Pling« in das Loft entlassen. Dort werden wir schon sehnsüchtig von Nelli, Steffi und dem kleinen Paul erwartet.

Während wir später alle zusammen frische Pasta mit einer leckeren Gemüsesoße essen, erzählen Steffi, Nelli und Paul vom Besuch im Krankenhaus.

»Ja, was das Diamant-Armband angeht, ist es etwas komisch«, sagt Steffi gerade. »Ruth kann sich beim besten Willen nicht mehr daran erinnern, ob sie es gestern Abend noch woanders hingetan hat. Ehrlich gesagt kam sie mir ein klein wenig verwirrt vor. Sie wusste nämlich nicht einmal mehr, dass sie es überhaupt in die große Vase getan hatte. Vielleicht liegt das ja an den Folgen dieser Schmerzspritze.«

Ulli meint: »Na ja, außerdem wechselt sie ihr Armbandversteck so oft, dass es ja kein Wunder ist, wenn sie sich nicht erinnern kann, wo sie es zuletzt hingetan hat.«

Steffi nickt und sagt: »Das Armband kann also überall sein. Ja, und noch etwas anderes. Wir müssen nach dem Essen gucken, ob wir ihre Wertpapiere finden. Auch da kann sie sich leider nicht erinnern, wo sie sie hingelegt hat. Es handelt sich um etwa zwanzig Blätter.«

Ulli schnaubt: »Da sieht sie mal, was sie von diesem kindischen Verstecken hat! Das hätte ich ihr gleich sagen können, dass das kompletter Schwachsinn ist.«

»Vielleicht hat sie ja die Wertpapiere einfach in ihren Safe gelegt«, sagt Hanna.

Steffi zuckt die Schultern: »Ich weiß es nicht, sie weiß es nicht. Ehrlich gesagt habe ich keinen blassen Schimmer, wo sich ihr Safe überhaupt befindet. Ich habe vorhin leider vergessen, Ruth danach zu fragen. Muss ich beim nächsten Besuch nachholen. Oder weißt du das vielleicht?«

Die Frage richtet sich an Nelli. Sie schüttelt aber bloß den Kopf. »Nein, keine Ahnung, darum hab ich mich nie gekümmert.«

»Dann sollten wir das jetzt gleich tun. Wir machen uns auf die Suche«, sagt Steffi entschieden. »Es sei denn, jemand hat noch Hunger.«

Da wir alle pappsatt sind, räumen wir rasch gemeinsam die Teller in die Geschirrspülmaschine.

»Wir müssen überall nachsehen«, meint Nelli, »auch in den eingebauten Fensterschränken.«

Mir sind diese Fensterschränke, die sich unter der gesamten Fensterfront befinden, vorher gar nicht richtig aufgefallen. Nelli hatte sie gestern schon mal erwähnt, aber hier gibt es so viele neue Eindrücke, dass ich mir gar nicht alles merken kann.

»Mensch, worauf warten wir eigentlich?«, ruft Hanna. »Lasst uns endlich anfangen!«

Alle helfen mit – auch Timmi und Paul. Jeder nimmt sich eine andere Ecke vor. Ich ziehe zusammen mit Hanna die Schubladen der geräumigen Fensterschränke beim Esstisch auf. Alles, was wir zuerst finden, sind bergeweise Fotos. Bunte, grelle Fotos, Schwarz-Weiß-Fotos. Fotos in Pappkartons, in Ordnern und lose. Fotos von diversen Möbeln, Stühlen, Schränken, Handtaschen, Schuhen, goldenen Ketten und Ringen, aber auch Modeaufnahmen und Film-Fotos. In einer silbernen Schachtel entdecken wir noch einige Abzüge, auf denen Ruth zusammen mit einem dunkelhaarigen Mann abgebildet ist. Als ich die Fotos umdrehe, sehe ich am Datum, dass sie alle letztes oder dieses Jahr entstanden sind.

»Habt ihr es gefunden?«, ruft Steffi.

»Nö, nix als Fotos!«, ruft Hanna.

»Lasst doch mal sehen!« Steffi stellt sich zu uns und betrachtet die Fotos. Begeistert ruft sie: »Mensch, ist das nicht Rick Carlton? Der Star vom Broadway! Hat der nicht erst vor Kurzem einen Film gemacht, der gnadenlos verrissen worden ist? Sein bisher einziger großer Flop? Ich glaube, der Film hieß *Liebeslüge*. Hätte ich ja zu gerne gesehen. Ich meine ja …«

Ulli zuckt nur mit den Schultern und murmelt verächtlich: »Rick Carlton, könnte irgend so ein Filmheini sein. Ich hab allerdings nie von dem gehört!«

Komischerweise kommt mir dieser Mann aber irgendwie bekannt vor. Wo hab ich den bloß gesehen? Im Fernsehen? Nein. In Berlin auf der Straße? Nein. Im Flieger? Nein. Aber wo dann?

Plötzlich fällt es mir ein. Er ist der Mann, mit dem Romy vorhin am *Washington Square* gesprochen hat. Der Mensch, den sie am Arm festgehalten hat. Ja, ich bin mir ganz sicher. Rick Carlton ist also der Bekannte von Romy *und* von Ruth. Als ich zu Hanna laufen will, um ihr das von Rick Carlton zu erzählen, gehe ich viel zu dicht an der Schaufensterpuppe vorbei, die neben der Tür steht. Dummerweise trete ich ihr auch noch auf einen ihrer spitzen Füße. Die Puppe, die über und über an den Armen und am Hals mit Strassschmuck und anderem Modeschmuck behangen ist, kippt mir langsam entgegen. Als wolle sie mich für meine Unaufmerksamkeit bestrafen. Vielleicht hat sie es ja auch einfach bloß satt, immer an derselben Stelle an der Wand zu stehen.

Sie fällt mir also kettenrasselnd wie ein lebendig gewordenes Gespenst in die Arme. Ich schwanke mit ihr zwischen den Armen hin und her und stürze unter ihrem Gewicht fast selbst auf den Boden. Sie ist viel schwerer, als ich gedacht hätte.

»Hilfe!«

Steffi ruft: »Was ist denn jetzt schon wieder passiert?«, aber keiner kommt mir zu Hilfe.

Mein Herz rast, während ich verzweifelt mit der Puppe kämpfe und versuche, sie zurück an die Wand zu kippen. Endlich habe ich das Gleichgewicht gefunden und stemme mich gegen die Puppe. Ganz vorsichtig lehne ich diese Monsterpuppe wieder an die Wand. Hoffentlich bleibt sie da jetzt ruhig stehen.

Ein Glück, dass die Puppe nicht kaputtgegangen ist! Sie fühlte sich nämlich gar nicht wie eine Plastikpuppe an, sondern irgendwie anders – zerbrechlicher, keine Ahnung.

Aus der Nähe ist eine Schaufensterpuppe ja gruselig. Diese hier hat zwar himmelblaue Augen, aber einen eiskalten Blick und eine ziemlich spitze Nase. Ihre schwarzen Haare sehen aus wie staubige Kohle. Moment mal, da ist etwas komisch.

Hinter der Puppenperücke fällt mir plötzlich etwas auf: Zwei Backsteine stehen an der Wand ein wenig hervor. Nanu? Komisch, man sieht es nur, wenn man ganz dicht davorsteht. Versuchsweise, eigentlich mehr aus Spaß, drücke ich auf einen Backstein. Erst geschieht gar nichts. Wäre ja auch zu schön gewesen. Als ich gerade weggehen will, höre ich aber ein scharrendes Geräusch.

Ich bleibe stehen und warte. Und dann …

Es ist wie ein Wunder: Der Backstein beginnt sich jetzt ganz ohne meine Hilfe zu bewegen. Er dreht sich immer weiter, bis er genau bis zur Hälfte in der Wand verschwunden ist. Ich trete näher und kann eine kleine Metalltür sehen.

Verbirgt sich dahinter etwa Ruths Safe?

Kapitel 7

in dem man eine seltsame Entdeckung macht und Romy unter die Lupe genommen wird

Mit klopfendem Herzen untersuche ich die kleine Metalltür. Vielleicht habe ich ja Glück! Vielleicht halte ich gleich das vermisste Diamant-Armband in den Händen! Und die Wertpapiere gleich dazu. Dann können wir Lin entlasten. Und alles wird gut!

Mal gucken, ob diese Tür überhaupt abgeschlossen ist. Ich drücke vorsichtig dagegen, ohne dass sie sich auch nur einen Zentimeter bewegt. Erst als ich noch einmal, und zwar etwas heftiger, meine Hand dagegenpresse, geht sie auch auf.

Inzwischen haben auch Hanna und die anderen bemerkt, dass ich etwas entdeckt habe. »Hast du was gefunden?«, ruft Hanna.

»Ja, einen Safe!« Mein Herz klopft. Ich bin sehr stolz, dass ausgerechnet ich, die fremde Besucherin, den Safe gefunden habe!

Jetzt kommen auch Steffi und Ulli her.

Neugierig schauen wir alle in den Safe. Besonders groß ist er ja nicht. Immerhin ist genug Platz für einen flachen Ordner. Vielleicht enthält der ja diese Wertpapiere. Bestimmt.

Als Tochter des Hauses darf natürlich Nelli zuerst den Ordner aus dem Safe in die Hand nehmen. Gespannt, als wäre sie eine Zauberin, beobachten wir sie, während sie stumm den Ordner durchblättert. Ich gucke ihr dabei zu, während ich insgeheim auf ein Lob hoffe. Bescheiden werde ich es annehmen. *Erfolg ist der Lohn der Detektive*, könnte ich vielleicht noch sagen, und *Hartnäckigkeit führt zum Ziel.*

»Oh no! I can't believe it. There are only ***recipes***[40] *for cheese cake in here!«*, ruft Nelli enttäuscht.

Wie bitte?

»Was?« Ulli nimmt Nelli den Ordner aus der Hand und blättert ihn durch, während Steffi und

[40] **recipe:** das Koch-/Backrezept

Hanna kichern und ich meine Enttäuschung verdauen muss. Rezepte! Nichts als Rezepte, dumm gelaufen. Was für ein Reinfall.

»Käsetorten-Rezepte! Ulli, du musst zugeben, dass das schon ziemlich komisch ist«, sagt Steffi und kichert noch einmal.

»Geht so«, knurrt er. »Ausgerechnet Käsetorten-Rezepte!«

Das klingt, als fände er Schweinekrusten-Rezepte besser.

Obwohl es wirklich blöd ist, dass wir nicht diese komischen Wertpapiere gefunden haben, finde ich es allmählich auch ein bisschen lustig. Jetzt blättert Hanna in dem Ordner. Glaubt sie, die Papiere hätten sich doch da drin versteckt? Ich sehe ihr über die Schulter zu. Wirklich, nichts als Tortenrezepte mit bunten Abbildungen. Rezepte aus deutschen und amerikanischen Zeitschriften für Käsetorten und andere Kuchen. »Wieso legt sie denn so etwas in den Safe?«, frage ich verwirrt.

Hanna kichert noch einmal. »Vielleicht wollte Ruth die berühmteste Bäckerin der Welt werden und diese Rezepte hier sind Geheimrezepte vom amerikanischen Präsidenten! Vielleicht sind diese Rezepte in Wirklichkeit ein Vermögen wert! Ihr wisst ja, dass das Originalrezept für Coca-

Cola in Atlanta in einem Safe liegt ...« Ulli zeigt ihr einen Vogel.

»Oder sie wollte, dass sich ein Einbrecher ärgert, wenn er den Safe aufbricht und keinen Schmuck findet«, schlägt Hanna vor.

»Hm«, nuschele ich. Ich finde das alles sehr unlogisch. Die Einzigen, die sich jetzt wirklich gerade ärgern, sind doch wir. Und natürlich Lin.

Ulli schüttelt den Kopf: »Ruth ist zwar meine Schwester, aber manchmal glaube ich, dass sie von einem anderen Stern kommt. Ich verstehe sie nicht. Was denkt sie sich bloß dabei?«

»*My Mom's just different*«, sagt Nelli, »anders als Steffi.« Trotz alledem klingt es ein bisschen stolz. Sie nimmt Hanna den Rezeptordner aus der Hand. »Also, eins sage ich euch, wenn Ruth wieder aus dem Krankenhaus draußen ist, dann schleppe ich sie zur Bank. Dann kann sie dort alles schön in einem ordentlichen Safe deponieren.«

»Falls sie dann überhaupt noch etwas hat zum Deponieren«, sagt Ulli düster. »Denkt an meine Worte!«

»Alter Schwarzseher!« Steffi küsst ihn auf den Mund.

Nelli und ich grinsen uns verlegen an. Ich finde es immer ein bisschen peinlich, wenn sich Erwachsene vor mir küssen.

Wir suchen dann noch eine Weile weiter. Auch Timmi und Paul kramen eifrig in diversen Schrankschubladen. Sie kriechen sogar unter alle Betten, aber ohne Erfolg. Das Loft bietet viel mehr Möglichkeiten für Verstecke, als ich im ersten Augenblick gedacht habe. Abgesehen von diesen Fensterschränken gibt es in Ruths Atelierbereich noch einen zwei Meter hohen Mappenschrank und außerdem eine Art Apothekerschrank mit vielen kleinen Schubladen. Wir wühlen überall herum, was sich ja eigentlich nicht gehört. »Aber«, sagt Steffi, die anscheinend dasselbe denkt, »der Zweck heiligt die Mittel.«

Hanna springt auf einmal auf, als habe sie jemand mit einer Stecknadel in den Po gepikst, und schreit: »Wir haben den Kühlschrank vergessen! Vielleicht hat sie mal wieder eine Tiefkühl-Gemüseverpackung als Versteck gewählt!«

Timmi und Paul fallen beinah übereinander, als sie zum Kühlschrank hechten und an der Tür vom Gefrierschrank zerren.

»Müsste mal abgetaut werden«, sagt Ulli mürrisch. Er ist ihnen gefolgt und beäugt missmutig das vereiste Tiefkühlfach.

»Ich hab den *spinach*!«, schreit Timmi, »und gefrorenen *apple pie.*« Er öffnet die Packung. Aber leider befindet sich diesmal in der *spinach*-

Packung nichts als Spinat und auch die andere Schachtel hat kein Diamant-Armband zu bieten.

Unsere Suche war vergeblich. Das Diamant-Armband ist und bleibt verschwunden.

Nelli und ich entdecken nur noch mehr Fotos von diesem Rick Carlton in einem Karton. Auch ein persönliches Autogramm für Ruth ist dabei.

»*With love for Ruth. Forever yours, thousand kisses – Rick.*«

Als Steffi das liest, lacht sie und sagt: »Diese Amerikaner, dass die immer so leichtfertig mit großen Worten umgehen.«

Rick Carlton scheint als Schauspieler in die unterschiedlichsten Rollen zu schlüpfen. Mal trägt er eine braune Mönchskutte, dann ist er mit Degen und weißen Strumpfhosen neben einem Pferd zu sehen oder vor der Kulisse eines brennenden Hauses in Feuerwehruniform, aber auch mit kurzen Haaren Arm in Arm mit einer Unbekannten.

Ruth besitzt eine Menge merkwürdige Fotos von ihm, in denen er auffällige Kostüme und Kopfbedeckungen trägt. Vom Zylinder bis zur Glatze fehlt nichts. Er sieht ziemlich gut aus, finde ich. Diese strahlend blauen Augen und die Grübchen in den Wangen …

Hanna und Nelli sind sich über sein Aussehen

nicht einig. »Schnösel!« Das ist Hannas Meinung. Nelli weiß nicht, was ein Schnösel ist, sie meint nur, er wäre zu hübsch. »***Handsome men***[41] *only love themselves*«, findet Nelli, »*that's what my ballet teacher always says.*«

Sie zeigt uns die Fotos. Paul ruft: »*Nelli, I know this guy. I think he lives here in our building. I've seen him at the pool sometime.*«

Paul kennt den Mann und meint sogar, er würde hier im Haus wohnen? Jetzt wird es interessant.

Aber Nelli schüttelt den Kopf: »*I don't know, maybe he does, maybe he doesn't. There are so many people living in this building*. Ich verstehe das alles nicht. Wo steckt bloß dieses dusselige Armband? Wenn wir das doch bloß hätten! *I don't care about Rick Carlton.*«

An diesem Abend gehen wir früher ins Bett. New York ist schön, macht aber auch müde!

Am nächsten Morgen fällt mein Blick als Erstes auf einen Ast, an dem silberne Blätter baumeln. Ich brauche eine Weile, um zu begreifen, wo ich mich gerade befinde. Ach ja, auf Nellis Baumhausbett. Leise, um Hanna nicht zu wecken,

[41] **handsome men:** die gut aussehenden Männer

stehe ich auf und gehe ins Bad. Nelli ist auch schon wach und angezogen. Die anderen schlafen noch. Es ist erst sechs Uhr früh, sehe ich auf der Uhr in der Küche. Ich bin aber hellwach und fühle mich ausgeschlafen. Ich dusche schnell, ziehe mir Jeans und ein blaues T-Shirt an und setze mich zu Nelli in die Küche.

»Wow, stehst du immer so früh auf?«, fragt sie.

»Nein, liegt vielleicht an der Zeitumstellung. Und du?«

»Ach, ich konnte nicht mehr schlafen. Außerdem musste ich an Mama denken – und an Lin. Ich war eben schon unten in der Lobby und hab noch einmal mit Johnny gesprochen. Ich dachte, vielleicht kann er sich noch an eine Kleinigkeit erinnern.«

»Und, konnte er?«

Sie grinst: »Ja, stell dir vor, er meinte, er habe etwas Wichtiges vergessen: Lin hat nämlich *sunglasses* getragen! Aber ich frage mich, wie man jemanden mit einer Sonnenbrille eindeutig erkennen will!«

Das frage ich mich allerdings auch.

»Wanna go swimming with me?«, fragt sie.

»Klar!« Das habe ich auf Anhieb verstanden.

»Ich weiß, dass Romy jeden Morgen um diese

Uhrzeit hier im Pool ihre Runden dreht. Das könnten wir auch tun und sie bei der Gelegenheit ein bisschen ausquetschen.«

»Einverstanden, ich muss nur meine Badesachen suchen.«

Fünf Minuten später treffen wir uns bei der Fahrstuhltür. Nelli hat für uns beide Handtücher dabei.

Mit dem Fahrstuhl rauschen wir ins Erdgeschoss. Aber wir landen diesmal nicht in der Lobby. Ich sehe erst jetzt, dass die Rückwand des Fahrstuhls praktisch eine weitere Tür ist. Und diese Tür kann Nelli nur mit einem Spezialschlüssel öffnen. »Den haben alle Mieter hier«, erklärt sie. »Mit diesem Schlüssel kommen wir in den Poolbereich.«

Die Tür gleitet mit dem üblichen »Pling« zur Seite. Wir betreten nacheinander einen himbeerrot gekachelten Gang, an dessen Ende ein großer türkisfarbener Pool liegt. Zum Greifen nah, nur durch eine Glastür von uns getrennt. Links und rechts vom Gang sind die Umkleidekabinen. Wir öffnen die *Ladies*-Tür. Dort ist gerade eine alte Dame mit einem dicken weißen Zopf damit beschäftigt, sich mit einem Handtuch kräftig abzurubbeln. »*Good morning, honey*«, sagt sie zu Nelli.

»*Good morning, Mrs Hond!*«

»*Oh, I see, you've got a friend with you. You two are up really early.*«

»*Well, this is my cousin's friend Charlie from Berlin. She couldn't sleep longer because of the jetlag.*«

Mrs Hond lächelt mir zu und verlässt munter mit einem »*Have a nice day!*« den Raum.

Es ist ein netter Raum, mit dunklen Holzbohlen und rosa lackierten Metallschränken. Nach dem Umziehen gehen wir durch den Duschraum direkt zum Pool.

Warum habe ich zu Hause nicht so einen sagenhaften Pool? Ich bin neidisch, das muss ich zugeben.

Wir stehen in einem lichtdurchfluteten, riesigen Raum mit genauso großen Fensterfronten wie in Ruths Loft. Mehr als die Hälfte des Raums nimmt dieser gigantische Pool ein, in dem tatsächlich Romy gemütlich ihre Runden dreht. Ich hätte sie fast nicht erkannt, weil sie eine unglaublich alberne Badekappe mit welken Kohlblättern trägt. Na ja, wahrscheinlich sieht es nur aus wie welker Kohl und soll eigentlich eine Art Blütenblätter sein, keine Ahnung.

»Hier standen früher die Schokoladenbottiche«, erklärt mir Nelli. »Die waren fast drei Meter hoch.« Dann dreht sie sich zum Wasser und ruft: »*Good morning, Romy!*«

Romy winkt uns als Antwort zu und ruft: »*Come in, girls. The early bird catches the worm!*«

»Das Sprichwort gibt's in Deutschland auch!«, murmelt Nelli. »Nur der frühe Vogel fängt den Wurm.«

Romy schwimmt an den Rand und schaut uns neugierig zu, wie wir ins Wasser steigen. »*How's your Mom?*«

»*O, she's okay. Luckily it's not a* ***complex fracture***[42].« Nelli schaut mich an und murmelt leise: »Die Sache mit Lin ist fast schlimmer ...« Sie wendet sich wieder an Romy: »*Romy, what exactly did you see? Johnny told us that you had to see the whole thing. How terrible!*«

Romy dreht sich auf den Rücken und beginnt, mit den Füßen gemächlich Wasser zu treten. So, als wäre das in diesem Moment das wirklich entscheidend Wichtige.

Sie macht mich ganz kribbelig damit. Die hat wirklich Nerven, diese Romy.

Das Wasser ist herrlich, nicht zu warm, nicht zu kalt, genau richtig. Was für ein Luxus. Hier

[42] ***complex fracture:*** der komplizierte (Knochen-)Bruch

wäre bestimmt Platz genug für drei Schulklassen.

Endlich dreht sich Romy wieder auf den Bauch und schwimmt auf uns zu. Sie prustet beim Ausatmen ins Wasser. »*Well, what did I see?*«, sagt sie, als müsse sie sich das noch einmal fragen. Moment, vielleicht muss sie das?

Nelli wirft mir einen Blick zu und plätschert mit den Händen im Wasser. »*Yes, I would like to know exactly what you saw, because Mom can't remember.*«

Romy nickt und schwimmt zwei Züge, hält inne und paddelt wieder zu uns zurück. Meine Herren, die macht es aber wirklich spannend.

»*Well*«, sagt sie endlich. »*I was standing in front of the lobby door, because I wanted to go swimming. You know I go swimming every day, even though I don't look like it.*« Sie kichert.

Nelli grinst und übersetzt für mich schnell und leise. Ich finde, Romy hat recht, so pummelig wie sie ist, käme man wirklich nicht unbedingt auf die Idee, dass sie so sportlich sein könnte.

»*Then suddenly, **out of the blue**[43], a black-dressed small woman on in-line skates raced in*

[43] **out of the blue:** aus dem Nichts

my ***direction***[44]*. When she got close I could clearly* ***recognize***[45] *Lin. Yes, I'm sure it must have been Lin!*«, sagt sie betont, als sie Nellis Blick bemerkt, »*I thought, wow, she's going really fast. She ran right into your poor mother! She virtually crashed into Ruth* ***with full speed***[46]*. Then Ruth fell to the ground. Lin just kept going.*«

Nelli und ich gucken sie an. Sagt sie wirklich die Wahrheit?

»*I saw it all!*«, beteuert Romy.

Nelli fragt spitz, wie sie Lin denn erkannt habe. Und dann holt sie unsere Trumpfkarte hervor: »*Johnny* ***claims***[47] *he saw someone wearing sunglasses on in-line skates.*«

»*Sunglasses? Oh no!*« Romy schüttelt energisch den Kopf und beginnt wieder, Wasser zu treten. »*I could see her quite clearly, even her eyes! There were no glasses whatsoever.*« Immer noch den Kopf schüttelnd, beginnt Romy wieder zu schwimmen. Und wir schwimmen hinter ihr her. Aber das alles nützt nichts. Romy bleibt dabei, Lin habe keine Sonnenbrille getragen. Zum Schluss behauptet sie sogar, selbst wenn Lin eine

44 **direction:** die Richtung
45 **recognize:** erkennen
46 **with full speed:** mit voller Geschwindigkeit
47 **to claim:** behaupten

Sonnenbrille getragen hätte, hätte sie sie erkannt. »*I have a great photographic memory!*«

Als wir ein bisschen später wieder im Fahrstuhl stehen und zurück ins Loft fahren, murmelt Nelli ratlos: »Hat Lin nun eine Sonnenbrille getragen oder nicht? Wenn Johnny die Wahrheit sagt, dann hätte man sie eigentlich nur schwer erkennen können ... Wenn aber Romy die Wahrheit sagt, wäre es natürlich einfach gewesen, Lin eindeutig zu identifizieren.«

Plötzlich kommt mir eine – wie ich finde – geniale Idee: »Weißt du, was ich denke?«, frage ich und rede gleich weiter: »Es wäre auch wichtig, Lin auf blaue Flecken untersuchen zu lassen. Schließlich müsste auch sie Spuren von dem Zusammenstoß davongetragen haben – und nicht nur deine Mutter!«

»Stimmt.«

»Außerdem musst du deine Mutter noch einmal fragen, woran sie sich eigentlich erinnern kann.«

Nelli schaut mich ratlos an und sagt: »Du, ich glaube, das ist wie weggewischt. Mama konnte sich an gar nichts erinnern, als ich sie gestern danach fragte. Ich habe auch ein bisschen Angst, sie danach zu fragen. Ich werde es ganz vorsichtig tun.«

Schweigend gehen wir nebeneinanderher.

Nelli und ich sind uns einig, dass hier etwas nicht stimmt.

Einer von den beiden lügt. Das ist klar wie Kloßbrühe.

Aber wer: Johnny oder Romy?

Kapitel 8

in dem wir versuchen, Fragen zu klären: Wer außer Lin hätte überhaupt ein Motiv? Was ist mit Ruth los?

Das »Pling« der Fahrstuhltür kündigt uns an.

»Wo wart ihr beide denn?«, fragt Steffi vorwurfsvoll. »Ich habe mir schon Sorgen gemacht!« Sie sitzen alle zusammen am Tisch und frühstücken.

»Entschuldigung. Wir waren bloß schwimmen«, antwortet Nelli. Sofort krähen Timmi und Paul, dass sie auch schwimmen gehen wollen.

»Später«, sagt Steffi.

Ich erkläre noch, dass wir so früh am Morgen niemanden wecken wollten. Steffi ist schnell wieder versöhnt. Mama wäre bestimmt nachtragender. Nelli bringt unsere nassen Handtücher ins

Bad, als plötzlich das Telefon klingelt. Ulli geht dran.

Als er wenig später den Hörer auflegt, sieht er besorgt aus. »Das war eben das Krankenhaus … Ich fahre nach dem Frühstück gleich hin.«

Steffi schaut ihn fragend an. Ulli wirft ihr einen Blick zu, den Hanna und ich zwar mitbekommen, aber nicht verstehen. Irgendetwas scheint mit Ruth nicht zu stimmen. Aber was?

»How's Mommy today?«, fragt Paul in dem Moment.

»Gut, gut, der Bruch heilt bestens. Schon bald kann sie wieder nach Hause kommen«, sagt Ulli ein bisschen zu schnell, und ohne Paul dabei in die Augen zu schauen.

Ich habe ganz klar das Gefühl, dass er uns etwas verheimlicht. Da kann er mir nichts vormachen. Aber was ist sein Geheimnis?

Steffi und Ulli gehen zur Spüle und beraten sich. Hanna und ich versuchen, sie unauffällig zu belauschen, indem wir scheinbar eifrig das Geschirr zur Spülmaschine tragen, Milch und Butter in den Kühlschrank räumen und Cornflakes im Bord darüber verstauen.

Nelli liest den Jungs inzwischen etwas vor.

Steffi und Ulli sprechen aber so leise, dass wir nur ein paar Gesprächsfetzen mitbekommen.

Steffi: »... meinst du, das liegt an dieser Narkose, oder? Am Ende sind es die Folgen von ... oder einer Gehirnerschütterung!«

Ulli: »... kann ich mir nicht vorstellen ... Gedächtnis ... was da los ist. Sie war schon immer ... Aber so komisch habe ich sie noch nie erlebt. Obwohl sie ja eigentlich oft komisch ...«

Steffi: »... nein, aber ... immense Lücken. Nachher bleibt ...«

Ulli: »Ja, aber sie weiß immerhin, wie ... und wie ihre Kinder heißen, wann sie Witwe wurde.« Er lacht. »Obwohl sie Jeremys Namen nicht parat hatte! Immerhin waren sie ein paar Jährchen miteinander verheiratet. Uns beide hat sie ja erkannt, aber ... stimmt da nicht. Ich ... Sorgen.«

Ich lausche, bis meine Ohren glühen. Ein schlechtes Gewissen habe ich nicht wirklich. Wir müssen alles wissen, um handeln zu können. Ich weiß, man soll nicht lauschen, aber als echte Detektivin, als *kleiner Fisch*, darf man schließlich auch davor nicht zurückschrecken! Schließlich muss man ja an seine Informationen kommen, egal wie.

Mehr bekomme ich aber nicht mit. Leider.

Als ich aus dem Bad komme, ist Ulli schon ins Krankenhaus gefahren.

Steffi schlägt uns vor, jetzt etwas gemeinsam zu unternehmen. »Wir könnten uns das *American Museum of Natural History* ansehen. Das ist das größte Naturkundemuseum der Welt. Da gibt es ein Zedern-Kriegskanu der Haida-Indianer und auch Dinosaurierskelette. Anschließend können wir im *Central Park* spazieren gehen.«

»*Yeah!*« ruft Paul. »*There are real old tipis and cool* ***gear***[48] *the Indians used and and ...*« Während er immer weiter auf Timmi einquasselt, beraten Hanna und ich uns. Nelli sitzt dabei und trinkt Kakao.

Ich erzähle Hanna schnell, was ich eben gehört habe. »Ich glaube, wir haben hier den Fall vom verlorenen Gedächtnis von New York«, sage ich.

Sie kichert. »Nicht schlecht, das verschwundene Gedächtnis von New York!«

Wir überlegen dann, ob wir es irgendwie schaffen, Steffi heute Nachmittag noch nach *Chinatown* zu lotsen. Dort wohnt ja Lins Bruder Yenli. Wir wollen ihn uns mal persönlich anschauen und mit ihm sprechen. Wir haben uns einen Trick zur Tarnung ausgedacht. Vielleicht hat Lin hier im Loft ein paar Sachen, die wir ihm

[48] **gear:** die Ausrüstung, das Gerät

dann quasi offiziell und ganz unauffällig bringen können. Seine Adresse müsste Nelli ja kennen.

Hanna läuft direkt zu Nelli, um ihr von unserer Idee zu erzählen. Sie will ihr aber nichts von dem Gespräch zwischen Ulli und Steffi sagen. Noch nicht. Damit sich Nelli keine Sorgen um Ruth macht. Vielleicht hat sich das ja nachher alles schon wieder eingerenkt.

Nelli, Hanna und ich putzen uns dann die Zähne. Während wir auf die anderen warten, fassen wir noch einmal alle wichtigen Punkte zusammen. Da wir ja alle drei an Lins Unschuld glauben, müssen wir mit Nelli zusammen ganz genau überlegen, wer als möglicher Täter infrage kommt. Nelli muss uns alles erzählen, was sie über die anderen Mieter hier weiß.

Hanna fängt an: »Wir müssen folgende Fragen klären: Wurde Ruth absichtlich angefahren? Warum wollte sie jemand aus dem Weg haben?«

Ich unterbreche sie: »Gibt es einen Zusammenhang zwischen Ruths Unfall und dem Diamanten-Diebstahl?«

Hanna nickt und fährt fort: »Wer braucht so dringend ein Diamant-Armband, dass er oder sie bereit wäre, dafür ein Verbrechen zu begehen? Könnte es wirklich ein Mieter aus diesem Luxushaus hier sein? Vielleicht jemand, der verschuldet ist und nicht möchte, dass das andere Menschen bemerken? Also ein verarmter Reicher, der das gestohlene Diamant-Armband an einen Juwelier oder Antiquitätenhändler verkaufen möchte? Jemand, der kaltblütig genug ist, um über die Feuerleiter in Ruths Wohnung einzusteigen? Immerhin riskiert ja der Dieb oder die Diebin, dabei gesehen zu werden. Zum Beispiel von der Straße aus.«

»Genau!«, sage ich. »Wir dürfen auch nicht vergessen, dass vorgestern Abend jemand auf der Feuertreppe bemerkt wurde! Das könnte ein Fremder, aber auch ein Mieter gewesen sein. Es könnte der Diamanten-Armband-Dieb gewesen sein!«

Eigentlich finde ich diese Feuertreppen gruselig. Klar, sie sind bestimmt super, falls es tatsächlich brennt und man schnell nach draußen möchte. Aber genauso schnell, wie man auf ihnen nach unten auf die Straße gelangt, kann schließlich jemand auf die Treppe klettern und in die Lofts oder Wohnungen einsteigen. Auch wenn die meisten Feuertreppen anderthalb Meter über dem Boden erst anfangen.

»Wenn es jemand aus dem Haus war, wäre es für denjenigen sowieso kein Problem gewesen, vom eigenen Loft aus auf die Feuerleiter zu gehen. Ganz bequem hätte derjenige von seiner eigenen Wohnung aus nach draußen auf die Feuerleiter spazieren können«, erklärt Nelli. »Von der Feuerleiter kommt man leicht in die Wohnungen, wenn zum Beispiel ein Fenster offen steht.«

»Für einen Dieb ist ein geschlossenes Fenster wahrscheinlich auch kein Problem«, sage ich.

Nelli nickt und beißt sich auf die Lippen. »Ich weiß nicht, mir fällt eigentlich niemand aus dem Haus ein, niemand, der Ruth so etwas antun würde. Ich meine, Luke und Peggy haben nicht viel Geld. Ich glaube, sie haben die Wohnung hier geerbt. Deshalb wohnen sie überhaupt hier. Aber sie sind doch mit Ruth befreundet. Nein ...« Nelli schüttelt den Kopf. »Ich kann mir nicht vorstellen, dass die beiden etwas damit zu tun haben.«

»Na ja, wer weiß ...«, sagt Hanna und sieht mich an. Ihrem Blick nach glaubt sie nur an Lukes und Peggys Unschuld, wenn sie bewiesen werden kann. Obwohl sie ja an Lins Unschuld glaubt und wir das erst beweisen müssen. Aber das werden wir schaffen!

Als wir alle fertig angezogen sind, rauschen wir mit dem Fahrstuhl ins Erdgeschoss, in die Lobby. Timmi und Paul haben den Pool völlig vergessen.

Sie sind jetzt nur noch scharf aufs *American Museum of Natural History*. Wollen jetzt echte Indianerzelte sehen, Pfeile und Bogen und afrikanische Masken. Wahrscheinlich gibt es im Naturkundemuseum auch Krummsäbel und sogar Schrumpfköpfe!

In der Lobby wuselt Johnny hinter seinem silbernen Tresen herum. Wie ein alter Bekannter kommt er mir mittlerweile schon vor. Als er uns sieht, winkt er uns kurz mit vornehmer Zurückhaltung zu.

Wie immer ist er umringt von zahlreichen Mietern und Besuchern. Wie schafft er es bloß, immer zu lächeln, Papiere herauszureichen und gleichzeitig Fragen zu beantworten?

Während Steffi nach der Post für Ruth schaut, spurtet Nelli zu Johnny. Sie möchte ihn noch einmal fragen, ob er sich ganz sicher ist, dass der Skater gestern wirklich eine Sonnenbrille getragen hat. Als sie zurückkommt, sieht sie nachdenklich aus. »Er sagt, ja, Lin habe eine Sonnenbrille getragen, aber er habe sie dennoch deutlich erkannt. Als ich ihn gefragt habe, ob er wirklich ganz sicher sei, war er richtig eingeschnappt und meinte, er hätte schließlich keine Tomaten auf den Augen. So ein Mist. Ach ja, und die Sonnenbrille war verspiegelt, sagt er. Und noch was: Die gute Romy hat Johnny erzählt, sie hätte gehört, dass Lins Bruder Yenli in Schwierigkeiten steckt.«

»Woher weiß sie denn das?«, frage ich verwirrt.

»Ihre Putzfrau hat das angeblich erzählt.« Während wir Steffi und den Jungs nach draußen auf die lärmende Straße folgen, redet Nelli weiter. »Yenli soll einen Haufen Wettschulden haben. Romy sagt, dass die Jungs, denen er etwas schuldet, wohl ganz schön ungemütlich werden können!«

»Wenn das mal kein Motiv für den guten Yenli ist! Er hätte für Geld Ruth umfahren oder das Diamant-Armband stehlen können! Oder beides!«, sagt Hanna.

Vielleicht hat sie recht. »Und das hat dir Johnny eben alles erzählt?«, frage ich Nelli erstaunt und beeindruckt zugleich. Ich kenne in Deutschland zwar keinen *doorman*, nur unseren Hausmeister, aber der würde nicht im Traum daran denken, mir so etwas zu erzählen! Ich kenne persönlich auch keine Hotelbesitzerin, aber die Erwachsenen, die ich gut kenne, würden mir derartige Geheimnisse wie Yenlis Wettschulden auch nicht gerade auf die Nase binden.

Nelli nickt. »Ja, Johnny hat neulich mal zu mir gesagt, er hätte keine eigenen Kinder, also könne niemand von ihm erwarten, dass er wisse, wie man mit ihnen spricht. Das Einzige, was er weiß, ist, dass er es als Kind gehasst hat, wenn die Erwachsenen ihn wie ein Baby behandelt haben.«

»Soll uns recht sein«, meint Hanna. »Die meisten Erwachsenen sehen das ja anders.«

Nelli sagt: »Auf jeden Fall hat Lin Johnny neulich erzählt, dass sie sich um Yenli große Sorgen macht.«

»Wir müssen den ausquetschen, aber wie?«, sagt Hanna nachdenklich.

Ich muss das jetzt erst einmal alles verdauen. Man kennt es ja aus dem Fernsehen. Wettschulden sind Ehrenschulden und müssen bezahlt werden, ansonsten ist das Leben des Schuldners in Gefahr. »Wenn Yenli das Geld so dringend brauchte, hat Lin vielleicht doch für ihn das Armband gestohlen«, sage ich. »Aus reiner Geschwisterliebe vielleicht?«

Nelli schüttelt den Kopf: »Nein, niemals!«

Hanna sagt: »Es spricht ganz schön viel dafür, dass es Yenli selber war. Er brauchte Geld und er wusste, wie er an welches gelangen konnte.«

»Genau, das haben wir ja schon mal überlegt«, sage ich. »Wir brauchen jetzt nur noch richtige Beweise.«

»Ja, und Zeugen, die sich nicht widersprechen!«, sagt Nelli.

In dem Moment ruft Steffi: »Kommt ihr endlich! Ihr Trödelliesen!« Sie wedelt dazu mit der Hand, als wären wir eine Herde störrischer Schafe. Dann nimmt sie wieder Timmi und Paul bei der Hand und ruft: »Wir laufen jetzt zur *Canal Street* und fahren dort mit der *subway*, genauer, der grünen Linie bis zur 73. oder 86. Straße. Dann laufen wir gleich noch ein Stück durch den *Central Park*. Das Museum hat zwar eine eigene *subway*-Haltestelle, aber Kinder, ich brauche jetzt mal etwas Bewegung ...« Ein plötzlich einsetzender Presslufthammer – die scheinen hier irgendwie zum täglichen Geräuschpegel dazuzugehören – übertönt Steffis Worte. Wir geben es auf, sie verstehen zu wollen, und gehen hinter ihr her zur New Yorker U-Bahn, pardon, *subway*. Bin gespannt, wie die von innen aussieht ...

Es rollt eine ewig lange, silberne schlangenähnliche Bahn heran. Die Abteile sind nicht voneinander getrennt, so dass man vom ersten bis zum letzten Gang gucken oder laufen kann.

Die Leute um uns herum lenken mich für einen Augenblick von unserem Fall ab. Es ist hier so anders als in Berlin. Zum Beispiel die zwei älteren Damen uns gegenüber mit ihren violett und blau getönten Haaren. Bestimmt sind sie schon weit über siebzig, aber ihre Lippen sind in kräftigen Rottönen geschminkt. Sie sehen toll aus. Eine von ihnen kaut türkisfarbenen Kaugummi, die andere liest ein Manga. Ihre Schuhe haben schicke, hohe Absätze. Kein älterer Mensch hier trägt anscheinend diese hässlichen Gesundheitsschuhe oder khakifarbene Regenjacken wie bei uns die meisten Rentner. Die beiden bunten Damen sehen echt lustig aus.

Hanna tippt mich an. »So, jetzt können wir weitersprechen. Ich habe schon eine Idee, wie wir Steffi heute Nachmittag zu Yenli lotsen können. Wir werden ihn ordentlich in die Mangel nehmen!«

»Klar, eine von uns lenkt ihn ab und die andere durchsucht inzwischen die Wohnung. Natürlich total unauffällig«, gebe ich spöttisch zur Antwort.

Nelli grinst und Hanna guckt mich mit so einem Warum-nicht?-Blick an. Sie meint es anscheinend ernst! Ich tippe mir an die Stirn. »Bestimmt lädt er uns zu Kaffee und Kuchen ein, wenn wir vor seiner Tür stehen. Mensch, der schöpft doch sofort Verdacht! Wenn er wirklich das Armband hat, wird er es wohl kaum für uns auf den Küchentisch legen.«

Hanna grinst wieder und murmelt bedeutungsvoll: »Wer weiß, vielleicht ja doch!«

»Also, du meinst, wir entdecken es und Yenli bricht zusammen, beichtet die ganze Sache und lässt sich dann reumütig von uns dreien und Steffi abführen!? Hast du es dir so vorgestellt?«

Hanna lacht. Ihr ist wohl nicht zu helfen.

»Weißt du, wenn es Yenli war«, mischt sich Nelli ein, »dann frage ich mich aber, warum er nicht einfach am Abend das Armband gestohlen hat – und damit gut. Wozu hat er dann Ruth noch angefahren?«

»Vielleicht war er das ja gar nicht«, sage ich. »Oder jemand hat ihm dafür extra Geld gezahlt.«

Nelli nickt. »Das könnte auch sein.«

»Aber Yenli ist nicht der Einzige, der Geld braucht«, erinnert uns Hanna. »Luke und Peggy, die beiden schwarzhaarigen Tänzer, sollten wir uns unbedingt noch mal anschauen. Auch wenn Nelli glaubt, dass sie das nicht tun würden. Wer weiß, was die für Leichen im Keller haben ...«

»Na ja, Leichen hoffentlich keine!«, sage ich. »Nelli, du hast auch gesagt, dass sie einen Sommer lang eure Pflanzen gegossen haben. In dieser Zeit hätten sie sich übrigens bequem einen Wohnungsschlüssel nachmachen lassen können.«

»Mensch, aber die beiden sind so nett«, sagt

Nelli. »Ich kann mir das einfach nicht vorstellen. Aber wer weiß. Es ist schon komisch: Luke und Peggy haben jede Menge Auftritte, eigentlich müssten sie genug verdienen, aber trotzdem brauchen sie immer Geld.«

»Es ist doch bestimmt nicht gerade billig, in der Schokoladenfabrik zu wohnen, mit *doorman* und Pool«, überlege ich. »Auch wenn sie die Wohnung geerbt haben, wie du vorhin gesagt hast. Da bleiben wahrscheinlich noch genug Kosten, auch für ihre Kostüme und so.«

Hanna nickt. »Mag sein. Aber jetzt ist erst einmal Yenli dran. Alles schön der Reihe nach. Ich weiß aber schon, wie wir Steffi nach *Chinatown* locken.« Schnell erklärt sie uns ihren Plan ...

»Wir steigen gleich aus!«, ruft Steffi.

Timmi und Paul sehen uns neugierig an, als wir alle auf die Straße treten.

»Was habt ihr eigentlich die ganze Zeit zu besprechen?«, fragt Timmi.

»*Yes, they're* ***babbling***[49] *all the time!*«, ruft Paul. »*Babble, babble ...*«

»*We have no* ***secrets***[50]«, sagt Nelli mit verstell-

[49] **to babble:** babbeln, quatschen
[50] **secret:** das Geheimnis

ter Stimme. »*We're just thinking about how we can turn* ***nosey***[51] *little boys into yucky, slimy* ***toads***[52]*.*«

»Wir überlegen nur, wie wir kleine neugierige Jungen in glitschige Kröten verzaubern können!«, übersetzt Hanna und kichert.

»*I don't wanna be a toad!*«, kreischt Paul beleidigt. Und Timmi guckt uns empört an und sagt, sie seien nicht klein.

»Wir denken einfach nach«, sagt Hanna versöhnlich. »Über die ganze Sache mit Lin. Es passt alles irgendwie nicht richtig zusammen.«

Steffi sieht sie kurz von der Seite an. »Ja, das stimmt wohl«, sagt sie, »aber jetzt lasst uns ins Museum gehen und uns endlich mal diese Schrumpfköpfe und alten Knochen aus der Nähe angucken!«

[51] **nosey:** neugierig, naseweis
[52] **toad:** die Kröte

Kapitel 9

in dem wir Yenli überführen wollen

Es war richtig toll im *American Museum of Natural History.* Wir haben tatsächlich Schrumpfköpfe gesehen, aber auch Pfeile und Bögen, Totempfähle, die Kleider der ersten Siedler und ihre Planwagen. Irre fand ich auch den größten jemals gefundenen Saphir, genannt der »Stern von Indien«, im *Rose Center.* Steffi sagte, in diesem Museum gäbe es über 30 Millionen Ausstellungstücke! Die haben wir natürlich nicht alle gesehen. Wir haben dort im Café eine Suppe gegessen. Und jetzt sind wir alle randvoll mit Eindrücken – und der leckeren Glasnudelsuppe mit Hühnchenstreifen und *mandoo* –, das sind asiatische Klöße gewesen, glaube ich. Dazu gab es *lemonade.* War alles sehr lecker und wir sind pappsatt. Mehr geht nicht. Am liebsten würde ich mich jetzt auf einer Sänfte ins Loft tragen lassen.

Aber mehr geht eben doch. Schließlich sind wir in New York!

Wir spazieren durch den *Central Park* und müssen ziemlich aufpassen, dass uns die Jogger nicht umrennen. Besonders die Älteren verhalten sich dabei rücksichtslos. Wer hätte das gedacht!

»Also, ein Vergnügen ist das ja nicht gerade!«, sagt Steffi empört, nachdem sie wieder von einer älteren, aber offensichtlich rüstigen Dame im pinkfarbenen Jogging-Outfit und dazu passenden Kopfhörern unsanft zur Seite geschoben wird. Ein Skater, der sich sein Sweatshirt so unter den Gürtel gesteckt hat, dass ihm die Ärmel nun bis zu den Knien herabhängen, lächelt Steffi an. Das scheint auf sie besänftigend zu wirken.

Als wir zu einem der Seen kommen, will Paul unbedingt die Enten zählen und Timmi will ihm dabei helfen. Also setzen wir uns ins Gras, während Steffi uns erzählt, dass die Enten im Winter vom Zoo versorgt werden, also nicht im Freien gelassen werden. Ich habe keine Ahnung, was im Winter mit den Berliner Enten geschieht. Ich dachte immer, sie würden in den Süden fliegen, keine Ahnung. Bei Enten muss ich gleich an die gebratene Ente denken, die uns Lin am ersten Abend serviert hat. Wie nett sie dazu gelächelt hatte. Hoffentlich sitzt sie jetzt nicht bei Wasser und Brot hinter Gittern. Damit sich das ändert, falls es wirklich so ist, werde ich jetzt Hannas Plan ausführen. Das bedeutet, wir werden Steffi, ohne dass sie Verdacht schöpft, nach *Chinatown* locken. Hanna meinte, Steffi könne besonders mir als Gast ja kaum etwas abschlagen.

»Steffi, wir drei haben uns etwas überlegt ...«, sage ich.

»Was denn, Charlie, Liebes?«, fragt Steffi zerstreut und streckt ihre Beine aus. Sie kommt mir auch erschöpft vor.

»Wir würden heute Nachmittag gerne noch mit dir nach *Chinatown* gehen. Das wäre doch ein toller Ausflug für uns alle zusammen. Hanna und Nelli wollten mir das Viertel so gerne zeigen.«

»Timmi und Paul könnten sich ja mit Ulli im Pool vergnügen«, schlägt Hanna vor.

»Ja«, sagt Nelli und klingt, als wäre es ihr gerade eben eingefallen, »wir könnten einen reinen Mädelsnachmittag machen und Charlie unseren Lieblingschinesen mit dem besten Dim Sum von Manhattan zeigen.«

»Schon wieder Chinesisch essen? Schmeckt ja

wirklich gut, aber wie wäre es zur Abwechslung mal mit Pizza und Pasta?«, stöhnt Steffi. Aber sie lächelt dabei und verspricht, darüber nachzudenken.

Na bitte. Hanna und ich zwinkern uns zufrieden zu.

»*We've counted fifty-seven ducks!*«, schreit Paul in dem Augenblick und läuft zu uns zurück, dicht gefolgt von Timmi.

Obwohl die Sonne scheint, ist es auf Dauer zu frisch, um im *Central Park* zu sitzen, und wir beschließen, zum Loft zu fahren. Deshalb laufen wir weiter bis zur Busstation *Fifth Avenue*. Praktischerweise steht unser Bus bereits da und wartet auf uns.

Während der Bus die berühmte *Fifth Avenue* entlangfährt, wundere ich mich. Diese Straße ist zur Abwechslung mal viel kleiner, als ich sie mir vorgestellt habe. Die Häuser sind natürlich auch hier hoch, aber die Straße selber ist schmaler als *Unter den Linden* oder der *Ku'damm*. Oder wirkt das nur so, weil die Häuser so hoch sind?

Nachdem wir uns im Loft etwas ausgeruht haben, kann es losgehen. Auf nach *Chinatown*! Wir mussten unsere Pläne etwas ändern. Aus dem *reinen* Mädelsnachmittag wird nichts. Na ja, der war ja eigentlich sowieso nur vorgeschoben, um Yenli unter die Lupe zu nehmen.

Ulli hat vorhin mit der Anwältin Mrs Cohen telefoniert, die er in Ruths Namen für Lin engagiert hat. Dadurch hat sich alles verändert.

Mrs Cohen braucht Sachen von Lin aus Yenlis und Lins Wohnung und aus Ruths Loft, die sie anschließend mit ins Gefängnis nehmen wird. Sie hat vorgeschlagen, sich bei Yenli zu treffen.

Wir werden also mit Ulli und Steffi nach *Chinatown* gehen. Steffi sagt, da ich ja sowieso das chinesische Viertel sehen wollte, würde alles perfekt zusammenpassen. Dass wir sowieso zu Yenli wollten, wusste sie ja nicht.

Hanna, Nelli und ich versammeln uns kurz in Nellis Zimmer, um zu besprechen, wie wir jetzt vorgehen wollen.

»Sehen wir doch mal das Gute an der Sache«, sagt Hanna gerade. »Wir haben jetzt den offiziellen Auftrag, zu Yenli zu gehen. Ganz ohne einen Vorwand. Das ist doch erst mal praktisch für uns.«

»Mich stört es auch nicht, dass Ulli mitkommt«, sagt Nelli.

»Für unseren Plan ist das ja nur gut«, sage ich und untertreibe ziemlich dabei. Ehrlich gesagt bin ich nämlich insgeheim darüber total froh!

Wer weiß denn, wie uns dieser Yenli empfangen hätte? Bestimmt nicht mit einer herzlichen Umarmung! Allerdings werden wir jetzt nie erfahren, ob uns Yenli mit einem Messer zwischen den Zähnen und einem Karatetrick gleich schon an der Tür k. o. geschlagen hätte! Du meine Güte! Eigentlich kann das ja immer noch passieren! Was Ulli dann wohl machen wird?! Kann Ulli eigentlich Karate? Ich kann es auf jeden Fall nicht, Hanna, glaube ich, auch nicht. Ich sollte, sobald ich wieder in Berlin bin, einen Kampfsportkurs belegen.

Hauptsache, wir bekommen irgendwie Beweise für Lins Unschuld.

»Wenn es euch recht ist, werde ich mich in der Wohnung umsehen, ob ich etwas finde. Ihr müsst solange Yenli und die anderen ablenken«, sagt Nelli.

Hanna sagt: »Zur Not falle ich einfach in Ohnmacht.«

Ohnmacht ist besser, als k. o. zu sein, denke ich.

Hanna und Nelli sehen mich an und kichern. »Charlie, träumst du?«, fragt Hanna.

»Ich habe irgendwie ein schlechtes Gefühl! Hoffentlich ist das keine Vorahnung! Vielleicht sollten wir wenigstens ein Nudelholz oder so was in der Art zu unserem Schutz mitnehmen!«, sage ich. Hanna kichert wieder und sagt: »Zusammen sind wir doch stark. Wir sind doch die *kleinen Fische*!«

Ich erzähle besser nichts mehr davon, was ich mir so ausgemalt habe ...

In diesem Moment ruft Steffi: »Seid ihr fertig?« Jetzt gibt es sowieso kein Zurück mehr. Es geht los zu Yenli.

Timmi und Paul werden, solange wir unterwegs sind, mit Mona, der Babysitterin im Haus, erst den Pool, dann das Kindertheater *Little One* unsicher machen. Sie freuen sich und reden aufgeregt durcheinander.

Ich bin auch aufgeregt, genau wie Hanna und Nelli. Immer wieder treffen sich unsere Blicke verschwörerisch.

»Watch out, Yenli«, knurrt Nelli leise. *»The game's over!«* Hanna und ich grinsen. Genau. Bald ist das Spiel aus für Yenli.

Im Fahrstuhl sagt Ulli zu Steffi, dass er Yenli bei der Gelegenheit ein wenig »auf den Zahn fühlen« möchte. Da kann er ganz beruhigt sein, das wollen wir auch.

Es ist von der Schokoladenfabrik nicht besonders weit nach *Chinatown*, höchstens eine Viertelstunde. Wir wollen wie am ersten Abend über die *Canal Street* dorthin gehen. Andächtig betrachten wir ein Schaufenster mit dicken glatzköpfigen Buddhas. In den Straßen riecht es nach Räucherstäbchen und scharfen Gewürzen. Ich habe das Gefühl, der dickste der Buddhas guckt mich mit so einem besonderen Blick an. Vielleicht bringt er uns ja Glück? Im Laden daneben gibt es rosa und giftgrüne Süßigkeiten zu kaufen.

Zahnlose Alte wackeln uns entgegen, verschwinden in dunklen Hauseingängen, die neben minikleinen Lokalen liegen. In den meisten dieser engen Restaurants stehen nur zwei oder drei Tische. Es duftet nach gebratenem Fleisch und Jasmin-Räucherstäbchen. In den Schaufenstern hängen dicht gedrängt glasierte Enten.

In diesem Teil der *Canal Street* gibt es ein unbeschreibliches Gewusel und Gewimmel von Menschen und Tieren. Wir sehen lebende Hühner zusammengepfercht in zierlichen Holzspalieren neben toten, gerupften, die kopfüber an einer Stange hängen. Wohin man sieht, leuchten und blinken fast nur chinesische Schriftzeichen. Manchmal entdecke ich auch ein englisches Wort. ***Seafood***[53] *Store* zum Beispiel. Im Vorbei-

[53] **seafood:** die Meeresfrüchte

gehen schaue ich in die schlauchartigen Läden, sehe knallrote Hummer, schwarze Muscheln und weißbäuchige Fische.

»Es ist hier doch wie eine Welt für sich«, sagt Steffi ergriffen. Und Nelli zeigt mir wie eine richtige Reiseführerin die kleinen Gassen zwischen den großen Straßen, in denen Wäscheleinen von Hauswand zu Hauswand gespannt sind und magere Hunde herumtollen.

Ulli und Steffi sind stehen geblieben. Sie schauen auf einen Zettel.

»*Spruce Street*, hier ist es«, sagt Ulli.

Ein wenig ehrfürchtig schauen wir uns das Haus an. Wie harmlos es von außen aussieht, ein etwa achtstöckiger Backsteinbau mit schmalen Feuertreppen. Im Erdgeschoss befindet sich eine kleine Garküche, im Schaufenster hängen drei gerupfte Hühner und ein paar Schweinefüße. Es wirkt irgendwie trostlos.

»Wir sind mit der Anwältin Mrs Cohen direkt bei Yenli in der Wohnung verabredet«, sagt Steffi.

»Weiß Yenli eigentlich, dass wir kommen?«, frage ich Hanna. »Nicht, dass er schon längst abgehauen ist!«

Steffi öffnet die nur angelehnte, schmale Haustür. Hintereinander treten wir in den dunklen

Hausflur, in dem es nach Kohl riecht. Die funzelige Glühbirne ist gerade hell genug, dass wir noch unsere Füße sehen können. »Dritter Stock«, sagt Ulli. Er klingt heiser. Vielleicht ist ihm das Ganze auch nicht geheuer.

Ich brauche da nicht weiter nachzudenken: Ich habe Angst! Mein Herz klopft so heftig wie diese Presslufthämmer hier auf den Straßen.

»Meinst du, es könnte gefährlich werden?«, fragt Steffi Ulli leise. Aber nicht leise genug für mich. Vielleicht sollten wir alle umkehren und die Sache der Polizei übergeben, denke ich, aber ich kann es nicht laut sagen. Was ist, wenn Yenli wirklich ein eiskalter Krimineller ist, der nicht davor zurückschreckt, seine eigene Schwester ans Messer zu liefern und unschuldige Frauen brutal anzufahren? Wenn es so ist, dann sind wir doch in Gefahr!

»Quatsch! Glaubst du wirklich, dann hätte ich die Kinder mitgenommen?!«, zischt Ulli.

Das beruhigt mich wieder etwas, weil ich auch nicht glaube, dass Ulli uns mitgenommen hätte, wenn er der Ansicht gewesen wäre, es könnte für uns zu gefährlich sein. Aber auch wenn Ulli glaubt, es könne nicht gefährlich sein, kann er sich irren!

Und dann stehen wir vor der schokoladenbraun gestrichenen, zerkratzten Tür, neben der auf einem ordentlichen Keramikschild »Yenli & Lin Kim« steht. Sieht ja harmlos aus. Aber wer weiß, der erste Eindruck kann täuschen. Meine Hände sind feucht.

Ulli klingelt und räuspert sich.

Ich glaube, dass wir jetzt doch alle Herzrasen haben.

Stille. Ulli klingelt noch einmal. Das Licht im Treppenflur geht aus, Steffi knipst es wieder an. Keiner sagt etwas.

Und dann hören wir trappelnde Schritte. Schritte, die schnell hin und her gehen. Die Tür bleibt immer noch geschlossen.

»Oh Mann, vielleicht haut der jetzt gerade über die Feuerleiter ab!«, flüstert Hanna aufgeregt.

»Glaube ich nicht«, sagt Ulli. »Er weiß von Mrs Cohen, dass wir uns wegen Lins Sachen hier treffen. Weshalb sollte er weglaufen?« Er sieht unsere Blicke.

Also scheint er ihn nicht in Verdacht zu haben. Vielleicht wollte er ihm nur auf den Zahn fühlen, um etwas über Lins mögliche Schuld herauszufinden? Oder warum sonst? Wenn wir nicht bald die Lösung finden, werde ich noch ganz wirr im Kopf!

Hanna bemerkt, er könnte weglaufen, weil ihm das Ganze eine Nummer zu groß wäre.

»Weil er nämlich schuldig ist!«, sagt Nelli.

Wir starren alle zur Tür wie das Raubtier auf seine Beute, als könnten wir die Tür mit Blicken aufzaubern. Vielleicht können wir das auch, denn jetzt endlich öffnet sie sich wenigstens einen Spaltbreit.

Wir sehen Yenli vor uns stehen. Aber was ist das?!

Vor Schreck beiße ich mir auf die Lippen.

Er sieht schlimm aus. Sein Gesicht ist über und über mit roten Pusteln bedeckt, die Augen sind fiebergerötet.

Fragend schaut er uns an. *»Hi. Can I help you?«*, flüstert er. Dann scheint ihm das Telefongespräch mit Mrs Cohen einzufallen, denn er murmelt: *»... is it about Ruth Finn?«*

Steffi nickt und tritt einen Schritt zurück. Ulli stellt uns alle vor und reicht Yenli eine Tasche von Lin. Yenli öffnet die Tür ein Stückchen weiter. Er trägt einen himmelblauen Pyjama, seine Füße stecken in kuscheligen Plüsch-Hausschuhen. *»Excuse me, I'm ill«*, erklärt er und schließt erschöpft die Augen. Dann zeigt er auf sein Gesicht und stöhnt:

»Chickenpox, since the last six days. I feel bad.«

Steffi fasst sich entsetzt an die Stirn. »Windpocken! Mein Gott, die sind doch total ansteckend. Das hätte Lin euch sagen müssen, Nelli!«

Nelli verdreht die Augen und murmelt: »Mensch, immer die Anschuldigungen gegen Lin. Vielleicht wusste sie einfach nicht, dass Windpocken so ansteckend sind!«

Hanna sagt niedergeschlagen: »Wenn er seit einer Woche krank ist, kann er es ja gar nicht gewesen sein.«

»Ich glaube auch nicht, dass er es war. Guck ihn dir doch an. Der hat Fieber. Dem geht's richtig schlecht.« Als wolle Yenli meine Worte unterstreichen, lehnt er sich schlapp an die Wand. *»What about Lin? Any news from her?«*

Klingt für mich ganz wie der besorgte Bruder und nicht wie der Diamantengangster von *Chinatown*.

Dann klackern energische Schritte durch das Treppenhaus, Anwältin Cohen ist im Anmarsch. Sie entpuppt sich als große Blondine, die uns alle mit kräftigem Händedruck begrüßt. *»Hi, my name is Cohen. So sorry I'm late.«*

Während die Erwachsenen Yenli kurzerhand

wieder ins Bett schicken, bekommt Mrs Cohen Lins Tasche.

Wir sehen uns enttäuscht an. »Mist, wäre ja auch zu schön gewesen«, murmelt Nelli. »Was sollen wir jetzt machen?«

»Jetzt müssen wir noch Luke und Peggy checken«, sage ich. »Yenli war eben die falsche Spur.«

Und Hanna sagt: »Wenn der Fall so einfach wäre, hätte ihn die Polizei schon gelöst. Aber ich habe das Gefühl, wir sind kurz davor, das Rätsel zu knacken.« Sie nickt und kommt mir gleichzeitig mutlos vor.

Mrs Cohen spricht unterdessen über Lins Lage. »*She's really depressed, anyway I'm going to help her. But I also need your help ...*«

»Die blauen Flecken«, sage ich zu Nelli. »Du musst ihr sagen, dass sie Lin daraufhin untersuchen lassen müssen. Wer immer bei diesem Zusammenstoß mit Ruth dabei war, muss Spuren am Körper haben.«

Gemeinsam verlassen wir alle das Haus.

Nelli fragt Mrs Cohen, ob man Lin inzwischen auf blaue Flecken untersucht hätte. Mrs Cohen lacht: »*My dear, that's exactly what I thought! But I can* **assure**[54] *you, they didn't find*

[54] **to assure:** versichern

the tiniest ***scratch***[55]*. She's as* ***innocent***[56] *as a lamb!*«

Das ist der Knüller! Lin wurde untersucht. Und das Ergebnis laut Mrs Cohen ist: Sie hat keinen einzigen blauen Fleck. Nicht einmal den kleinsten Kratzer!

[55] **scratch:** der Kratzer
[56] **innocent:** unschuldig

Kapitel 10

in dem wir verkleideten Hunden begegnen und versuchen, Romy zu beschatten

Aufgeregt sehen wir uns an. »Lin hat keinen einzigen blauen Fleck an ihrem Körper!«, sagt Hanna langsam. »Mensch, das bedeutet ja, dass …«

»Das bedeutet, dass sie es gar nicht gewesen sein kann!«, ergänze ich ihren Satz erleichtert. »Allerdings passt das ja gar nicht mit Johnnys Aussage über den Unfall zusammen.«

»Und mit Romys auch nicht …«, sagt Hanna. »Romy hat gelogen, denn sie hat ausgesagt, sie hätte Lins Augen deutlich erkannt.«

»Sie müssen beide jemanden gesehen haben, der Lin absolut ähnlich sieht«, überlege ich. »Oder sie lügen beide!«

»Wer weiß! Aber jetzt«, sagt Nelli grimmig, »werden wir uns die liebe Romy noch einmal zur Brust nehmen!«

»Und dann quetschen wir sie aus wie eine Zitrone!«, füge ich hinzu und wir müssen alle lachen.

Steffi und Ulli haben alles angehört. Dann schauen sie uns verständnislos an. Wir erklären ihnen aber nichts weiter. Vorerst nicht. Schließlich wollen wir Romy höchstpersönlich dazu bringen, endlich die Wahrheit zu sagen. Sie soll zugeben, dass es überhaupt nicht Lin war! Sie soll aufhören zu lügen!

Hanna, Nelli und ich rücken noch dichter zusammen, damit uns die Erwachsenen nicht verstehen.

»Deshalb werden wir Romy heute auf Schritt und Tritt folgen, einverstanden?«, fragt Nelli. Hanna und ich nicken. »Wenn es nötig ist, kleben wir auch morgen an ihr wie die Schmeißfliegen am Kuhfladen!«, füge ich noch grimmig hinzu.

Uns ist allen klar, dass wir jetzt so schnell wie möglich in die Schokoladenfabrik zurückmüssen, um Romy nach Meisterdetektiv-Art zu beschatten.

Zum Glück fährt Mrs Cohen einen großen Wagen, einen Van, sodass wir alle bequem mitfahren können. Ulli sitzt vorne, Steffi bei uns auf der Rückbank.

»Mir ist noch eine Sache eingefallen«, sage ich leise zu Nelli. »Ich habe Romy und Rick Carlton zusammen auf dem *Washington Square* gesehen. »Ich glaube, dass sie in ihn verliebt ist. Sie hat ihn so in der Art angesehen … so wie im Liebesfilm.«

Nelli kichert, dann wird sie nachdenklich: »Hm, ob das eine Rolle spielt? Um Geld kann es Romy ja eigentlich nicht gehen. Geld hat sie ja selber genug. Aber dieser Rick Carlton, das war doch der Schauspieler, den Mama ein paar Mal fotografiert hat. Der Typ, der Mama diesen schmalzigen Spruch auf die Karte geschrieben hat.«

»Genau der!« Ich spüre mein Herz bis zum Hals klopfen. »Vielleicht ist Romy ja unglücklich, weil er nicht Romy liebt, sondern Ruth …«

»Ich fress eine Schaufel, wenn das nicht die Wahrheit ist!«, sagt Nelli.

»Es heißt, ich fresse einen Besen«, verbessere ich sie und denke, dass wir jetzt ziemlich nah an der Lösung sind. Wir brauchen nur noch die richtige Gelegenheit, Romy kalt zu erwischen. Und dann fällt mir noch etwas ein. Etwas, an das ich vorher noch gar nicht gedacht hatte. Mir ist ganz heiß vor Aufregung. Ich tippe Nelli an. »Es könnte ja auch sein, dass Romy gar nicht so reich ist, wie alle immer sagen. Vielleicht hat sie ihr Vermögen verloren und brauchte dringend Geld. Es könnte sein, dass sie gemeinsam mit Rick einen Plan ausgeheckt hat, um an das Diamant-Armband und die Wertpapiere zu kommen. Womöglich wollte Rick deine Mutter mit seinem Spruch hinters Licht führen?«

Vorne im Wagen sprechen Mrs Cohen und Ulli über die Zeugenaussagen. Steffi hat sich vorgebeugt und auf die Rückenlehnen der beiden Vordersitze gestützt und kümmert sich nicht weiter um uns.

Auch wir lauschen kurz Mrs Cohen.

Mrs Cohen sagt: *»I **definitely**[57] have to talk to Johnny again.«*

»Sie will sich unbedingt noch einmal mit Johnny unterhalten«, übersetzt Nelli schnell für mich.

*»He claims that he saw someone on in-line skates wearing sunglasses. Since this someone **apparently**[58] had black hair like Lin's, Johnny thought it was her.«*

[57] **definitely:** bestimmt, unbedingt
[58] **apparently:** anscheinend

Es ist wohl wieder von der Sonnenbrille die Rede? Nelli erklärt, er habe behauptet, Lin auch mit Sonnenbrille erkannt zu haben. Das Entscheidende sei jedoch in dem Moment nur, dass er überhaupt jemanden mit einer Sonnenbrille auf Inlinern beobachtet habe. Weil die Person, die er gesehen hatte, so schwarzhaarig war wie Lin und wohl eine ähnliche Frisur hatte, ging Johnny wahrscheinlich automatisch davon aus, dass sie es auch sein müsste. Das müsse aber deshalb noch lange nicht heißen, dass es wirklich Lin war. Für Johnny schien alles gut zusammenzupassen.

Mrs Cohen sagt noch: *»I want to explain to Johnny that a lot of young **slender**[59] Asian women look like Lin ...«*

»Mrs Cohen sagt, dass sie ihm klarmachen will, dass viele asiatische junge Frauen, die eine ähnlich zierliche Figur wie Lin haben, sich mit Sonnenbrille zum Verwechseln ähnlich sehen. Darüber will sie aber noch einmal mit ihm sprechen«, übersetzt Nelli geduldig.

Nelli und ich sehen uns an. Endlich ist auch mal eine Erwachsene unserer Meinung.

Vor der Schokoladenfabrik fährt gerade ein Lieferwagen aus der Lücke. Sofort nutzt Mrs

[59] **slender:** schlank

Cohen die Chance und parkt ein. Wir steigen schnell aus. Ich fühle mich ganz kribbelig, wie vor einer Schulaufführung. Mal sehen, ob sich jetzt alles klären wird. Hoffentlich!

Schon vor der Tür sehen wir, dass heute etwas Besonderes los sein muss.

Pudel in Jäckchen und Mäntelchen betreten an der Leine ihrer stolzen Besitzer die Schokoladenfabrik. Einige von ihnen haben blaues und rosa gefärbtes Fell, andere tragen hochtoupierte Haare und Sonnenbrillen. Sie zerren und ziehen an den Leinen ihres Herrchen. »Du lieber Scholli!«, sagt Hanna. Wir staunen alle und wissen gar nicht, wo wir zuerst hinschauen und hinhören sollen. Noch nie habe ich so viele schräge Hunde auf einem Haufen gesehen. Auch in der Lobby wimmelt es von lauter Hunden. Sie beschnuppern sich, bellen, jaulen, bekommen Leckerli, und dazwischen versuchen die Herrchen, Ordnung in das Chaos zu bekommen. Dazu wird gebellt, gekläfft und geknurrt.

»Du liebe Zeit!«, sagt Steffi ergriffen.

Als eine zierliche Blondine auftaucht, verschwindet ein Teil der Hunde hinter einer Tür mit einem Schild: *»**Artists**[60] only!«*

[60] **artist:** der Künstler, die Künstlerin

»Die gehen wahrscheinlich alle zu dieser *dog fashion show*«, meint Steffi.

Ulli verschlägt es die Sprache, als ihm ein getrimmter Pudel mit pinkem Fell und rot lackierten Krallen entgegenstolziert. Er schüttelt entsetzt seinen Kopf.

Mrs Cohen hat andere Probleme. Denn Johnny steht nicht hinter dem Tresen. Ein fremder *doorman* begrüßt uns alle höflich. Auf Mrs Cohens Frage nach Johnny antwortet er: *»Johnny has left ten minutes ago«* – und dann kommt der Knaller, als er sagt: »... *but Mrs Ruth Finn is back. She is waiting for you in her apartment.«*

»Mom is back from hospital?«, wundert sich Nelli.

»Aber das verstehe ich nicht! So gut ging es ihr doch gar nicht«, sagt Ulli ratlos. »Eher im Gegenteil ...«

Der *doorman* zuckt mit den Schultern. *»Have a nice day!«*

Wir gehen zusammen mit Mrs Cohen zum Fahrstuhl und fahren hoch in Ruths Loft. Mit dem wohlbekannten »Pling« geht die Fahrstuhltür auf. Und wirklich, da sitzt Ruth mit einem roten Stirnband, ansonsten wieder ganz in Schwarz gekleidet, auf einem Stuhl und lächelt uns entgegen. Ihr Kleid ist weit genug geschnitten, um den rosa Gips am Oberschenkel zu verbergen, nur am linken Handgelenk blitzt er etwas hervor.

Die Erwachsenen rufen und reden nun alle durcheinander, stellen Ruth Mrs Cohen, *the lawyer*[61], vor. Ich versuche in dem Durcheinander gar nicht mehr, alles zu verstehen. Ich bekomme nur so viel mit, dass Ruth unbedingt nach Hause wollte und auf eigene Verantwortung und natürlich gegen den Rat des Arztes aus dem Krankenhaus entlassen wurde. »Der wollte einfach noch mehr an mir verdienen!«, behauptet sie.

Blass sieht sie aus. Und dann kommt mir etwas komisch vor, als ich ihr die Hand schüttele. Ich glaube nämlich, sie hat keinen Schimmer, wer ich bin, denn sie sieht mich mit leerem Blick an und versucht zu lächeln. »Hallo, freut mich ...«, murmelt sie ratlos.

Steffi hat die kleine Szene mitbekommen und ruft amüsiert: »Ruth, das ist doch Hannas Freundin Charlie! Wahrscheinlich hast du über die ganze Aufregung vergessen, dass wir hier alle in den Osterferien bei dir zu Besuch sind!?« Steffi lacht und bekommt deshalb Ruths Reaktion gar nicht mit.

[61] **lawyer:** der Rechtsanwalt, die Rechtsanwältin

Ruth schaut nämlich erschrocken von mir zu Hanna und ich glaube, sie hat wirklich vergessen, wer ich bin und dass wir alle hier ihre Gäste sind. Mensch, das muss ja gruselig sein, wenn plötzlich lauter Menschen in der eigenen Wohnung herumstehen und Dinge behaupten, an die man sich beim besten Willen nicht erinnern kann.

»Ich habe es wohl für einen Augenblick nicht parat gehabt«, behauptet Ruth jetzt. Sie sieht mich nach wie vor unsicher an. Ich würde zu gerne wissen, was sie gerade denkt.

Wahrscheinlich hätte sie besser noch im Krankenhaus bleiben sollen.

Das »Pling« der Fahrstuhltür kündigt jetzt Timmi, Paul und Haus-Babysitterin Mona an. »Wir waren unten im Pool schwimmen!«, ruft Timmi, »es war toll!«

Und Paul hat Ruth entdeckt und rennt ihr strahlend entgegen.

Ruth steht auf, wieder habe ich das Gefühl, das sie nicht alle Personen zuordnen kann. Verwundert schaut sie Mona und Timmi an, als habe sie auch sie noch nie zuvor gesehen. Steffi bedankt sich unterdessen bei Mona, bezahlt und verabschiedet sie.

»Paul!«, ruft Ruth, kniet sich auf den Boden

und breitet ihre Arme aus. Na, immerhin ihren eigenen Sohn erkennt sie, und weiß sogar seinen Namen. Anscheinend leidet sie unter einem ganz besonderen Fall von Gedächtnisverlust. Nicht, dass ich dafür die absolute Expertin wäre, aber dass hier etwas nicht stimmt, ist ja wohl klar wie Kloßbrühe!

Paul rast auf sie zu und ruft: »*Mommy, Mommy! You're back! Yahoo! I didn't like the* ***smell***[62] *in hospital. It* ***smelt***[62] *like* Hustensaft!«

Während Paul und Ruth sich umarmen, erzählt Timmi uns stolz seine Abenteuer: »Nach dem Baden haben wir mit Mona Tischtennis auf dem Dach im Fitnessbereich gespielt. Mona gegen Paul und mich. Und wir haben gewonnen! *You are a clever player*, hat Mona zu mir gesagt. *A champion!*« Ulli lacht und Timmi redet aufgeregt weiter: »Und dann war da eine, die, die immer so rote Sachen anhat. Die so ein bisschen dicker ist. Sie lag da in einem Liegestuhl und hat sich mit Luke und Peggy unterhalten. Die wohnen hier im Haus.«

Ich horche auf. Rote Sachen, fett – das kann nur Romy sein. Ich muss kichern.

»Die beiden sind Tänzer, hat Paul gesagt.«

[62] **smell:** der Geruch; **to smell:** riechen (nach)

Timmi plappert munter weiter. »Luke und Peggy meinten, wir sollten morgen alle auf die *Easter Parade* auf der *Fifth Avenue* kommen. Sie treten dort als Hasen in Glitzerkostümen auf! Es gibt einen Riesenumzug. Bitte, bitte, können wir da bitte hingehen?«

»Vielleicht«, antwortet Steffi vage. Sie scheint keine rechte Lust auf die *Easter Parade* zu haben. Aber Timmi ist nicht zu stoppen. Plötzlich fällt ihm noch etwas ein: »Ach ja, und dann hat diese Rote-Sachen-Frau noch von einer ganz tollen *show* gesprochen, zu der sie heute geht, die *dog fashion show* hier im Haus. Papa, diese *show* fängt gleich an. Da kann man ganz viele Hunderassen sehen und die schönsten Hundefrisuren und Klamotten. Romy hat gesagt, sie geht da immer hin. Ich möchte das auch sehen, bitte, bitte, bitte!«

Das ist doch genau die Gelegenheit, auf die wir gewartet haben!

»Wir könnten Timmi ja begleiten, Hanna und ich«, schlage ich vor. »Wir haben eben auch schon ein paar echt verrückte Hunde in der Lobby gesehen. Das sollte man sich wirklich nicht entgehen lassen.« Natürlich geht es uns weniger um die Hunde als um Romy.

Steffi schaut uns an, dann murmelt sie: »Warum eigentlich nicht? Es findet ja hier im Haus statt. Aber ihr müsst mir versprechen, dass ihr keinen Blödsinn macht, okay? Ihr geht nur zu der *dog show* und dann kommt ihr wieder. Also nicht alleine nach draußen gehen oder so. New York ist nicht Berlin!«

Hanna und ich versprechen Steffi alles, was sie hören möchte, und dann ziehen wir mit dem glücklichen Timmi los. So haben Nelli und Paul Gelegenheit, mit Ruth Wiedersehen zu feiern, während wir endlich in aller Ruhe Romy beschatten können.

Wir gehen durch das Treppenhaus und können nicht widerstehen: Jeder mopst sich ein Schokoladenei, das man diesen Papphasen an die Pfoten gebunden hat. Während wir die Eier auswickeln und in den Mund schieben, betreten wir die Lobby.

Für uns als Quasi-Mieter ist der Eintritt zur *dog fashion show* frei. Wir gehen durch einen schmalen Flur und landen schließlich im Zuschauerraum, der durch ein schummriges Licht beleuchtet ist. Man kann gerade noch die Hand vor Augen sehen.

Timmi ist komplett begeistert. »Guckt doch mal der da! Der ist süß! So einen will ich auch!«, sagt er immer wieder. Auch hier im Zuschauerraum sitzen nämlich viele festlich gekleidete Hunde auf den Schößen ihrer Herrchen und – sagt man eigentlich auch Dämchen?

»Hast du Romy schon entdeckt?«, frage ich Hanna.

»Nö.« Sie schüttelt den Kopf. »Timmi, du kannst uns jetzt helfen. Wir müssen diese Romy mal ein bisschen in die Mangel nehmen. Sagst du uns Bescheid, wenn du sie hier siehst?«

Timmi nickt. Aber ich bin mir nicht sicher, ob er verstanden hat, was Hanna eben gesagt hat. Zu sehr fesseln ihn die Hunde.

Ich sehe Romy schließlich links außen in der zweiten Reihe. Und ich habe sie keine Sekunde zu spät entdeckt, denn ihr Handy klingelt und sie steht auf und geht zum Ausgang auf ihrer Seite, während sie das Gespräch annimmt.

»Da ist sie!«, zische ich Hanna und Timmi zu. »Los, ihr nach!«

Leider müssen wir nun mitten durch den gut besuchten Theaterraum gehen, genauer gesagt, uns durch eine Sitzreihe schlängeln. Widerwillig rücken die Herrchen ihre Beine und die Hunde ihre Pfoten zur Seite. Endlich stehen wir auf der anderen Seite und können denselben Ausgang wie Romy benutzen.

Beim Rausgehen beobachte ich gerade noch,

wie ein himmelblau gefärbter Pudel mit Sonnenbrille und knallroter Kette über die Bühne stolziert. Kaum zu glauben!

Wir verlassen das Theater und landen in einer kleineren Halle, einer zweiten Lobby. Wir sehen gerade noch, wie Romy es sich auf einem Sofa hinter einer großen Palme gemütlich macht. Auch wir stehen gut verborgen vor Romys Blicken hinter einer weiteren Palme.

Romy spricht aufgeregt in ihr Handy und hält es sich abwechselnd mal ans rechte, mal ans linke Ohr. Nachdem sie das Gespräch beendet hat, verstaut sie das Gerät in einer großen – natürlich roten – Ledertasche und beginnt, mit ihren Fingern ungeduldig auf ihren Schenkel zu trommeln.

»Sie wartet wohl auf jemanden«, flüstert Hanna.

»Ja, glaube ich auch. Da haben wir ja Schwein, dass sie nicht rausgeht«, flüstere ich zurück.

»Und was machen wir, wenn sie nachher doch noch rausgeht?«, fragt Hanna nervös.

»Abwarten, ich habe da außerdem eine Idee ...« Leise erzähle ich Timmi und Hanna meinen Plan. Eine Sekunde später betritt Rick Carlton die Halle.

Kapitel 11

in dem einige Ungereimtheiten geklärt werden können

Ich glaube, Romy freut sich wahnsinnig, als sie Rick sieht. Denn sie hört gar nicht mehr auf zu lächeln, nachdem sie ihn rechts und links geküsst und umarmt hat. Er hat seine Arme schon längst von ihren Hüften gelöst. Jetzt spricht sie auf ihn ein, immer noch mit diesem Lächeln auf dem Gesicht. Sie redet und redet, fuchtelt dabei wie wild mit ihren Händen herum. Leider verstehen wir kein Wort von dem, was sie ihm erzählt, dazu stehen wir viel zu weit weg.

Rick hört zu, aber er schüttelt dabei den Kopf. Und nicht nur das. Er tritt einen Schritt zurück und sieht sie entgeistert an: »*You are still cra-*

zy!«, ruft er. Und dann verlässt er immer noch kopfschüttelnd das Haus.

Wir wollen nicht länger warten. Jetzt soll mein Plan in Kraft treten: einfach überrumpeln. Wir werden behaupten, die Polizei sei ihr auf die Schliche gekommen. Und dass wir alles wissen. Dass Lins Unschuld feststeht, ist zum Glück keine Behauptung, sondern Tatsache.

Romys Gesicht ist weiß wie Schnee. Sie wankt hin und her, als würde der Boden unter ihr schwanken. Hanna, Timmi und ich treten näher an sie heran. »Hi!«, sagt Hanna.

Ich glaube, genau wie Ruth erkennt sie uns im ersten Augenblick nicht. Sie scheint unter Schock zu stehen.

»*We want to talk to you again. We have some interesting news for you ...*«, höre ich Hannas ruhige Stimme.

»*News?*«, bringt Romy mit Mühe heraus. Sie hat sich wieder auf das Sofa gesetzt und sieht uns mit großen Augen an. Gleichzeitig gleitet ihr Blick in die Ferne.

»*The police knows that Lin is innocent!*« Hanna sagt ihr, dass die Polizei weiß, dass Lin nicht an dem Unfall beteiligt gewesen sein kann. Sie sagt Romy auch, dass sie gelogen hat. Dann blickt Hanna mich fest an und danach wieder

Romy. *»I believe you wanted* ***to get rid***[63] *of Ruth! Because of Rick! And even if you didn' t want to do any* ***harm***[64] *to Lin, it just came in handy that everyone suspected her. And you even blamed her yourself!«*

Ich bewundere Hanna, dass sie das alles so ruhig herausbringt. Und Romy ins Gesicht sagt, dass es ihr gelegen kam, dass Lin verdächtigt wurde, ja, dass sie sie ja selbst beschuldigt habe.

Romy dreht den Kopf und lächelt. Ja, ist sie denn verrückt, sie lächelt! Aber ihr Lächeln dauert nicht lange an. Nur wenige Sekunden später beginnt sie zu heulen und hört gar nicht mehr auf. Sie weint und weint und schnäuzt sich dabei in ein großes Spitzentaschentuch aus ihrer Handtasche.

»It doesn't matter!«, sagt sie und weint wieder. *»I did it out of love.«* Ich sage zu Timmi, er soll schnell hoch laufen und Steffi, Ulli oder Mrs Cohen holen. Hoffentlich haut Romy in der Zwischenzeit nicht ab. Aber falls nötig, werden Hanna und ich sie mit allen Kräften festhalten.

Aber nach Abhauen sieht das nicht aus. Die Gute sitzt einfach auf dem Sofa und schluchzt.

[63] **to get rid of somebody:** jemanden loswerden
[64] **harm:** der Schaden, das Leid

Zwischendurch wiederholt sie immer wieder, sie hätte es doch nur aus Liebe getan.

Schneller, als ich gedacht habe, ist Timmi, gefolgt von Ulli, Steffi, Mrs Cohen und Nelli, wieder bei uns. Erwartungsvoll starren jetzt alle Romy an, deren Augen vom Weinen rot verquollenen sind.

Und Romy scheint nur auf größeres Publikum gewartet zu haben: »*Oh my God, I didn't want this! I' m so sorry*! *I didn't want Lin to get into trouble!*« Ihre Lippen zittern, während sie spricht.

Ulli fragt streng: »*Am I correct in **assuming**[65] that you also had something to do with the **disappearance**[66] of my sister's **bracelet**[67]?*«

»Er fragt, ob sie auch etwas mit dem Diamant-Armband zu tun hat«, erklärt Hanna.

Romy schüttelt den Kopf und fragt verständnislos: »*What bracelet are you talking about?*«

»Und das soll ich glauben?«, murmelt Ulli. »Sie behauptet, dass sie davon keine Ahnung habe.«

»*It's my **fault**[68] that your sister had such a terrible accident!*« Romy schluchzt.

[65] **to assume:** annehmen, vermuten
[66] **disappearance:** das Verschwinden
[67] **bracelet:** das Armband
[68] **fault:** die Schuld

»Sie hat es zugegeben!«, ruft Hanna. »Sie hat gestanden, dass sie an dem Unfall schuld ist!«

»*It's also my fault that the police* ***arrested***[69] *Lin.*« Wieder bricht Romy in Tränen aus.

Und sie hat zugegeben, dass sie Lin verhaftet haben. Sie hat es gesagt! Hannas und meine Augen werden immer größer.

Romy weint wieder. »*Rick says I'm a monster. And you can't love a monster*«, stößt sie hervor.

Ein Monster hat Rick sie genannt und ein Monster könne man nicht lieben …

Wir gucken und hören ihr sprachlos zu. Sie tut mir in diesem Moment fast ein bisschen leid. Ehrlich gesagt gibt es schönere Situationen. Aber wir müssen ja froh sein: Endlich wissen wir hundertprozentig, dass Romy hinter Ruths Unfall steckt.

»*Actually, it's Rick's fault*«, behauptet Romy jetzt auf einmal.

»Welcher Rick?«, fragt Ulli begriffsstutzig. Steffi schaltet immerhin etwas schneller und fragt, ob Romy Rick Carlton, den Schauspieler meint. Sie erzählt, dass wir in Ruths Wohnung jede Menge Fotos und Karten von ihm gefunden haben.

[69] **to arrest:** verhaften

Romy sagt: »*Yes, Rick Carlton is an* ***actor***[70]*. One of the greatest, at least in my* ***opinion***[71]*.*«

Sie hält ihn für einen der ganz großen Schauspieler. Romy erzählt, dass das die Presse zurzeit nicht so sieht. Sein letzter Film war ein totaler Flop. Das Ganze habe ihn ziemlich mitgenommen.

»Ach, deshalb dachte Paul, Rick würde hier wohnen«, sagt Hanna. »Er hat Rick hier im Gebäude zufällig öfters gesehen, weil der im Haus Freunde besucht hat.«

»*Yes*«, sagt Romy, »*Rick visited me, but he never loved me. His only love was Ruth. What he needed from me was my money!*«

Also ist sie doch reich? Aber Rick ist bestimmt nicht so reich ...

Während Ulli mit Mrs Cohen über das Ganze spricht, murmelt Romy immer wieder, als wäre es ein Gebet oder Zauberspruch, wie sehr sie Rick Carlton geliebt hat – und wahrscheinlich immer noch liebt, keine Ahnung. Liebe scheint ja eine ganz gefährliche Sache zu sein!

Hanna sagt, dass Romy verzweifelt war, als sie

[70] **actor:** der Schauspieler, die Schauspielerin
[71] **opinion:** die Meinung

bemerkte, dass Rick nur Ruth wollte, deshalb wollte sie nur noch eins: Ruth ausschalten, wenigstens für ein paar Tage aus dem Weg haben. Aha, jetzt kommen wir anscheinend zum Kern der Sache!

Romy packt endlich aus: »*I **hired**[72] Ken, my cleaning lady's cousin ...*«, sagt sie leise.

»*You hired Ken, if he'd take care of it for you??*«, schaltet Ulli sich wieder in das Gespräch ein. »*You must be mad!*«

»*I knew Ken needed money **urgently**[73]. I didn't think it would all end in such a **mess**[74]!*« Bald kann ich Romys Jammerstimme nicht mehr hören.

»Dann hat dieser Ken, der Cousin ihrer Putzfrau, Ruth über den Haufen gefahren!«, ruft Hanna entgeistert, während auch Ulli beinah die Fassung verliert.

»*I did it out of love!*«, lautet wieder Romys Antwort. Sie schlägt die Augen nieder und sagt, so Hanna, sie habe alles für Rick getan. Diese Frau – und damit meint sie Ruth – habe ihn gar nicht verdient. Sie habe ihm gesagt, was sie getan

[72] **to hire:** anwerben, anheuern
[73] **urgently:** dringend
[74] **mess:** das Durcheinander, das Chaos

habe, damit er sieht, wie sehr sie ihn liebe! Damit er sieht, was er an ihr hat!

»*It all got out of control*[75]*!*«, murmelt Romy leise. Immerhin gibt sie endlich zu, dass alles aus dem Ruder lief. Sie schwört, dass sie Ruth nicht ernsthaft verletzten wollte. Ken sollte sie doch nur ein bisschen anfahren ... Sie wollte doch nur, dass Ruth für eine gewisse Zeit nicht mehr im Rennen ist. Tja, aber ein paar Schrauben scheinen bei Romy schon locker zu sein.

Ulli schnauft: »Nur ein bisschen anfahren! Die Frau gehört in die Klapsmühle!«

Mrs Cohen hat genug gehört.

Romy fragt sie leise: »*What are you going to do?*«

Mrs Cohen antwortet: »*I've got to call the police.*« Mit diesen Worten nimmt sie ihr Handy aus der Handtasche und beginnt zu wählen.

»Das war versuchter Mord! Meine Schwester hätte bei dem Sturz sterben können!«, ruft Ulli aufgebracht. Auch Steffi ist fassungslos: »Eiskalt geplant alles. Unglaublich! Man kann doch niemanden zwingen, ihn zu lieben!«

Hanna und ich überlegen unterdessen, ob Rick nicht vielleicht das ganze Durcheinander genutzt

[75] **to get out of control:** außer Kontrolle geraten

hat, um sich das Diamant-Armband zu mopsen. Ganz nach dem Motto, wenn ich die Frau meiner Träume schon nicht haben kann, dann wenigstens ihren Schmuck?

Steffi hat uns zugehört und sagt: »Ja, vielleicht war es wirklich Rick, der das Armband geklaut hat. Als erfolgsverwöhnter Schauspieler hat er bestimmt auf großem Fuß gelebt. Nach dem Flop hatte er vielleicht Angst, dass es immer weiter bergab geht.«

Romy starrt auf den Boden. »*I only wanted to give our love a chance. A chance to start with, that's all*«, krächzt sie.

Nelli baut sich vor ihr auf und ruft: »Und dass unsere Lin wie eine Schwerverbrecherin unschuldig im Gefängnis sitzt, das ist Ihnen auch egal, was?« In ihrer Aufregung hat sie Deutsch gesprochen.

Romy sitzt einfach da. Nicht einmal Tränen kommen noch.

Als wenig später Johnny zwei *police officers* zu uns führt, lässt Romy sich widerstandslos in Handschellen abführen. Mrs Cohen begleitet sie hinaus. Ich glaube aber nicht, dass sie auch ihre Verteidigung übernehmen möchte.

Steffi sieht ihnen hinterher und sagt: »Sie muss wie von Sinnen gewesen sein!«

Zusammen gehen wir alle zum Fahrstuhl und müssen dabei noch einmal an den vielen verkleideten Hunden und ihren Herrchen vorbei, die genau in dem Augenblick aus dem Theater strömen und ganz wie echte Theaterbesucher nach Parfum und Haarspray riechen und nicht wie Hunde.

»Das reinste Irrenhaus hier!«, murmelt Ulli.

Als wir wieder im Loft sind, erzählen Steffi und Ulli Ruth von Romys Geständnis.

Ruth hatte sich auf ihr Sofa gelegt. Jetzt steht sie wieder auf. »Ich hatte ja keine Ahnung, dass Romy so verrückt nach Rick ist. Ich meine, er ist ja ein netter Kerl ... Entschuldigt, aber ich glaube, ich brauche jetzt erst mal frische Luft.«

Ruth geht ein paar Schritte. Sie ist bleich im Gesicht. »O Gott, ja, frische Luft wird mir guttun!« Ehe ihr jemand von uns helfen kann, steht sie am Küchenfenster und öffnet es. Anscheinend stellt sie sich dabei aber ein wenig ungeschickt an, denn sie stößt sich heftig mit dem Kopf, genauer gesagt mit der Stirn, am Fensterrahmen.

»Ruth, Vorsicht! Du meine Güte!«, ruft Steffi und läuft schnell zu ihr hin.

Ruth hält sich den Kopf und lacht. »Ganz schön ungeschickt, was!« Dann dreht sie sich um die eigene Achse, murmelt etwas und läuft zum Edelstahlhängeschrank über der Spüle. Dort stehen einige Kochbücher und ein dicker Ordner, auf dessen Rücken Zitronenbilder kleben. Sie nimmt den Ordner in die Hand, blättert ihn durch und ruft triumphierend: »Hatte ich doch recht! Hier habt ihr Biester euch also versteckt!«

Während wir ihr alle verständnislos zuschauen, ruft Ruth: »Hier waren die Wertpapiere! Was sagt ihr?! Wenn das kein gutes Versteck ist!«

Da muss selbst Ulli lachen.

Mrs Cohen ruft wenig später aus dem Gefängnis an. Nein, sie hat Romy nicht dorthin begleitet, sondern sich weiter um Lins Fall gekümmert. Und sie hat eine gute Nachricht: Lin wird heute noch im Laufe des Tages entlassen. Ulli fährt gleich los, um auf Lin zu warten. Er hat gesagt, er müsse schließlich etwas wiedergutmachen, da er doch am Anfang nicht an ihre Unschuld glauben wollte.

Hanna, Nelli und ich sitzen bei Nelli im Zimmer.

Hanna sagt: »Wer hätte das gedacht, dass diese Romy so in diesen Schnösel Rick Carlton verliebt ist, dass sie völlig kopflos wird und so viel Mist baut?«

Nelli hockt im Schneidersitz auf ihrem Schreibtisch und schüttelt den Kopf. »Wahnsinn, das

Ganze. Wenn man bedenkt, dass alles aus Liebe geschah …«

»Wie gut, dass wir wussten, dass Lin wirklich unschuldig ist«, sage ich.

»Romy ist schneller zusammengebrochen, als ich dachte«, sagt Hanna.

»Das lag doch nur an deiner knallharten Art, sie zu verhören«, sage ich. Nelli lacht.

Wir sind alle einfach erleichtert.

Nelli fällt noch etwas ein: »Verrückt, jetzt wird bestimmt auch Rick Carlton gesucht. Zum einen muss die Polizei herausfinden, ob er auch etwas mit dem Unfall zu tun hatte. Könnte ja sein, Romy deckt ihn, und dann …«

»Dann geht es immer noch um das Armband«, ergänze ich.

Es klopft an der Tür und Steffi tritt ein. Sie lächelt. »Ulli hat gerade angerufen. Er ist bereits auf dem Weg hierher – mit Lin!«

Nelli springt von ihrem Schreibtisch herunter, haut auf die Tischplatte, dass alle Stifte anfangen zu wackeln, und schreit: »Hurra!«

Gemeinsam gehen wir in den Küchenbereich und beginnen, den Tisch zu decken. Wir machen eine Art Picknick, mit allem, was der Kühlschrank zu bieten hat. Heute war ja niemand einkaufen. Aber wir finden genug Leckeres: Käse, Salami, Weintrauben, Gurke und Baguette zum Aufbacken.

Ruth kommt herein und sieht jetzt schon besser aus als vorhin. Nicht mehr ganz so blass. Sie sieht uns alle auch direkt an. Ich habe das Gefühl, dass sie jetzt auch wieder ganz genau weiß, wer wer ist. Ihr Blick ist jetzt irgendwie klarer.

Steffi befiehlt ihr, sich hinzusetzen und sich bedienen zu lassen. »Du brauchst noch Ruhe, meine Liebe!«

»Unkraut vergeht nicht«, antwortet Ruth gelassen.

Nelli holt Kerzen aus einer der Schubladen in den Fensterschränken. Sie findet auch ein paar Wunderkerzen, die sie in den Brotlaib steckt. Fertig. Keine Sekunde zu früh, denn schon »plingt« der Fahrstuhl wieder und die unschuldige, strahlende Lin steht mit Ulli vor uns.

Reumütig entschuldigt Ulli sich noch einmal vor uns bei Lin. »*I want to take the chance …*«

»Papa, mach es doch nicht spannend!«, ruft Hanna.

»*Okay, Lin, I'm sorry. Please forgive me!*«

Lin lächelt und schüttelt Ullis Hand. Und dann lässt sie sich von Ruth, Nelli und dem kleinen Paul umarmen.

Um den vieren nicht in die Quere zu kommen,

trete ich einen Schritt zurück und wieder einmal meiner alten Bekannten, der Schaufensterpuppe, auf die Füße. Und dann geschieht das Unglaubliche zum zweiten Mal: Diese Riesenpuppe neigt sich mir entgegen und ich schreie wieder vor Schreck, halte die Puppe verzweifelt fest – diesmal an ihrem Plastikarm. Sie wäre sicherlich dennoch auf den Boden gekracht, wenn Ulli mich und die Puppe nicht aufgefangen hätte. Während er mir wieder Halt gibt, bemerke ich einen Kratzer an meinem Finger. Offensichtlich ist dieser Modeschmuck, mit dem das Ungetüm behangen ist, messerscharf. Vorwurfsvoll schaue ich die Puppe an. Dieses Biest hat es ja geradezu auf mich abgesehen!

»Geht's wieder?«, fragt Ulli besorgt.

Ich nicke und untersuche weiter das Handgelenk der Puppe. Ich will mich ja nicht schon wieder irren – wie bei der Sache mit dem Safe, in dem sich nur diese dämlichen Käsetorten-Rezepte befunden haben. Deshalb schaue ich ganz genau hin …

Aber ich glaube, diesmal habe ich eine echt heiße Spur gefunden. Ach, was sage ich da: Ich glaube, ich habe etwas ganz Besonderes entdeckt!

»Nelli, komm mal her!«

Es ist unglaublich, aber wahr! Ich habe das Diamant-Armband tatsächlich eben entdeckt. Als ich mich an den Steinen gekratzt habe, kam mir das gute Stück plötzlich so besonders strahlend vor – und Nelli hat es bestätigt. Und Ruth hat sich gefreut. Und die anderen haben gestaunt.

Das Diamant-Armband ist nie gestohlen worden. Es hat die ganze Zeit, sichtbar für uns alle, den Arm dieser Schaufensterpuppe geschmückt! Aber unter all den unechten Klunkern war es gut versteckt. Dort hat es niemand von uns bemerkt. Keine Ahnung, warum wir es nicht gesehen haben. Wir haben ja schließlich das ganze Loft auf den Kopf gestellt. Aber was soll's, wir sind jetzt einfach stolz, dass wir es überhaupt gefunden haben!

Es ist wahrscheinlich so sichtbar gewesen, dass es für uns schon wieder unsichtbar war.

Ruth freut sich und gibt Ulli das Versprechen, sich endlich einen Banksafe zu mieten. Er wird sie auf dem Weg dorthin begleiten, damit sie auch mit den Wertgegenständen dort ankommt und nicht wieder über den Haufen gefahren wird, sagt er augenzwinkernd.

Das letzte Kapitel

in dem letzte Dinge geklärt werden

Jetzt hat alles doch noch ein gutes Ende genommen.

Lin ist wieder frei und ihre Unschuld bewiesen. Ihr Bruder Yenli, der zwar spielsüchtig ist, und Peggy und Luke, die mit Geld nicht gut umgehen können, sind ebenfalls von einem hässlichen Verdacht befreit.

Und die dicke Romy schmort hinter Gittern – im *jail*[76]. Ihr wird Anstiftung zur fahrlässigen Körperverletzung mit schweren Folgen vorgeworfen. Dass sie auch noch eine falsche Zeugenaussage gemacht und dadurch zur Tataufklärung nicht unbedingt beigetragen hat, dürfte nicht gerade entlastend für sie sein. Ruth

[76] **jail:** das Gefängnis

meint, es sei möglich, dass Romy für viele Jahre im Gefängnis bleiben muss.

Ja, und was Rick Carlton angeht, so hat man ihn auf der *Easter Parade* auf der *Fifth Avenue* verhaftet. Er trug ein sagenhaftes rosa Hasenkostüm, das über und über mit glitzernden Strasssteinchen besetzt war. Nun muss er beweisen, dass er mit dem geplanten Anschlag auf Ruth nichts zu tun hat. Sein Motiv könnte immerhin enttäuschte Liebe zu Ruth gewesen sein, sagte Mrs Cohen. Aber da Romy vor uns allen gestanden hat, alles nur wiederum aus Liebe zu Rick getan zu haben, bin ich mir sicher, dass sie ihn damit entlasten wird. Steffi sagt: »Denn wenn er sie auch nie lieben wird, so wird sie ja wohl kaum wollen, dass er sie für den Rest ihres Lebens hasst. Außerdem können wir ja alle bezeugen, was sie gesagt hat.«

Ich bin froh, dass wir hier in Manhattan noch fast zwei Wochen sind. Schließlich gibt es in New York noch einen Haufen Dinge zu sehen und zu tun.

Heute wollen wir zum Beispiel im *Rockefeller Center* Schlittschuhlaufen gehen und danach mit der Fähre nach *Liberty Island* fahren. Vielleicht haben wir ja Glück und können sogar die

Freiheitsstatue von innen besichtigen. Ich würde gerne mal in die Fackel gehen. Wahrscheinlich klappt das aber nicht. Ulli meinte, man müsse sich dafür Wochen vorher anmelden. Das haben wir nicht getan. Aber das macht eigentlich nichts. Hauptsache, ich kann hier in New York noch mit Hanna zusammen sein.

Gerade habe ich unsere Freundschafts-Serviette, die wir während des Hinflugs im Flugzeug beschriftet haben, in den Koffer gelegt.

»Hanna & Charlie – forever!« Diese Serviette wird in meinem Zimmer in Berlin einen Ehrenplatz an der Wand bekommen.

Ich freue mich sehr auf *Liberty Island.* Wir haben uns schöne Ausflüge verdient. Jetzt, wo wir das verlorene Gedächtnis von New York wiedergefunden haben!

Ich höre Hanna rufen. Ich muss jetzt los, die anderen warten alle schon auf mich: Lin, Steffi, Ulli, Hanna, Nelli, Timmi und der kleine Paul.